KERSTIN GIER

Ach, wär ich nur zu Hause geblieben

Weitere Titel der Autorin:

Männer und andere Katastrophen
Fisherman's Friend in meiner Koje
Ehebrecher und andere Unschuldslämmer
Die Laufmasche
Die Braut sagt leider nein
Lügen, die von Herzen kommen
Ein unmoralisches Sonderangebot
Die Mütter-Mafia
Die Patin
Gegensätze ziehen sich aus
Für jede Lösung ein Problem
In Wahrheit wird viel mehr gelogen
Auf der anderen Seite ist das Gras viel grüner

Das Mütter-Mafia-Buch – Die Kunst, den Alltag zu feiern

Über die Autorin:

Kerstin Gier, geboren 1966, hat als mehr oder weniger arbeitslose Diplompädagogin 1995 ihr erstes Buch veröffentlicht. Mit riesigem Erfolg: Die *Mütter-Mafia*-Romane sind längst Kult. Dank ihrer Jugendromane, der »Edelstein-Trilogie« und *Silber*, ist ihre Fangemeinde noch größer geworden. Die sympathische Autorin lebt mit ihrer Familie in der Nähe von Köln.

KERSTIN GIER

Ach, wär ich nur zu Hause geblieben

LUSTIGE URLAUBSGESCHICHTEN

Lübbe

Dieser Titel ist auch als Hörbuch und E-Book erschienen.

Originalausgabe

Titelillustration: Sandra Taufer, München unter Verwendung von Motiven von © Seb Chandler/Getty Images; fat_fa_tin/shutterstock; Africa Studio/shutterstock; © getty-images/Seb Chandler
Umschlaggestaltung: Sandra Taufer, München
Satz: hanseatenSatz-bremen, Bremen
Gesetzt aus der Caslon Book BE
Druck und Verarbeitung: Books on Demand, Norderstedt
Printed in Germany
ISBN 978-3-404-16973-3

Sie finden uns im Internet unter
luebbe.de
Bitte beachten Sie auch: lesejury.de

FSC
www.fsc.org
MIX
Papier aus verantwortungsvollen Quellen
Paper from responsible sources
FSC® C105338

Für Frank

Wenn man gemütlich zu Hause sitzt, sinnt man auf Abenteuer. Hat man Abenteuer zu bestehen, wünscht man sich, man säße gemütlich zu Hause.

(Thornton Wilder)

Ich wünschte, ich säße gemütlich zu Hause.

Reisen ist nichts für Angsthasen.

Je nachdem, wie mutig ein Mensch ist, expandiert oder schrumpft sein Leben.

Ma carissima Famiglia!
Bella Italia - c'est wirklich vero.
Multi Entspannung kann ego
pero non trovare, because pour Kerstin et
Vivi bin moi Therapeut, Cuccina, Scout
et vor allem Dolmetscher in una Persona.
Es ist schon bene, wenn man sich avec
Fremdlinguas auskennt.
Eure multi busy Gina = La Mamma di Natione

Familie
Hellmeyer
Oskar-Rütt-Str. 22
51465 Bergisch Gladbach

Germania

Ich sehe was, was du nicht siehst, und das ist grün vor Wut.

Und die Tigerente zieh'n wir hinterher.

Man reist nicht, um unbekannte Orte kennen zu lernen, sondern um sich unbekannten Situationen auszusetzen. (Unbekannt!!)

Make a wish.

Merke: Lyssophobie = Angst vor Tollwut   Lutraphobie = Angst vor Ottern

Reste einer (Malaria?-) Mücke

Fürchte dich nicht

oder die Angst vor der Angst

Ich bin ein Angsthase. Vor allem auf Reisen. Neben der Angst, nicht genug Unterhosen eingepackt zu haben, und der Angst, den Herd nicht ausgeschaltet zu haben, habe ich noch diverse andere Ängste vorzuweisen, die man alle unter einer Art Oberangst zusammenfassen kann: der Angst, nicht mehr nach Hause zu kommen. Ich habe im Internet recherchiert, um mit den passenden Fachbegriffen prahlen zu können, aber diese Ängste konnte ich leider nicht finden. Das hat mich doch sehr erstaunt, weil ich sie für weiter verbreitet hielt als zum Beispiel die Aulophobie, die Angst vor Flöten, oder auch die Geniophobie, die Angst vor einem Kinn. (Ist allerdings schon furchterregend, so ein Kinn! Besonders, wenn ein Grübchen drin ist.)

Es hat mich auch gewundert, dass die Angst, im entscheidenden Moment das Bahnticket nicht finden zu können, keinen eigenen Namen hat, im Gegensatz zur Lachanophobie, der Angst vor Gemüse, oder der Medecophobie, der Angst, man sähe seine Erektion an der Ausbeulung der Hose. *Hallo?*

Ich kann doch unmöglich die Einzige sein, die das Ticket zwanzigmal in einem sicheren, aber schnell zugänglichen Fach in der Handtasche verstaut und dreißigmal in der Minute nachschaut, ob es auch noch da ist, um dann, wenn der Schaffner kommt, fünf Minuten danach suchen zu müssen. Oder doch?

Und warum muss man den Fahrschein auf der Strecke Köln-Lüneburg gleich dreimal vorzeigen? Ich hätte gar nichts dagegen, wenn man mir einen Mikrochip unter die Haut nähte, auch wenn Datenschützer vermutlich dagegen heftig protestieren würden. Der Schaffner könnte mich einfach scannen, und der Fahrpreis würde automatisch von meinem Konto abgebucht. Herrlich. Aber solange das nicht passiert, muss ich wohl weiterhin zusammenzucken, wenn jemand »Personalwechsel: Die Fahrkarten bitte«, sagt, um dann hektisch alle sicheren, aber dennoch leicht zugänglichen Fächer in meiner Handtasche abzusuchen.

Nicht selten wird als zusätzliche Schikane der vordere Zugteil auf halber Strecke abgekoppelt und fährt dann ganz woanders hin als der hintere Zugteil, da muss man höllisch aufpassen, sonst ist die Fahrkarte, wenn man sie endlich gefunden hat, gar nicht mehr gültig.

Zu allem Überfluss ist man im Zug von lauter mürrisch dreinschauenden Männern umgeben, die ununterbrochen telefonieren und Laptops auf dem Schoß haben, wahrscheinlich um ihre Medecophobie zu kaschieren.

Im Flugzeug ist das schon deutlich angenehmer. Kein Halt in Hagen Hauptbahnhof, kein Umsteigen in Hannover, kein Personalwechsel in Wuppertal, kein Abkoppeln des vorderen Zugteils in Bielefeld. Wenn man einmal sitzt, muss man sich um das Ticket keine Sorgen mehr machen. Man kann sich zurücklehnen und entspannen.

Es sei denn man leidet an Flugangst, auch Aviotophobie genannt.

Aviotophobie

oder die Angst vor Menschen, die noch mehr Angst haben als man selber

Du hast Flugangst? Wirklich?«, sagt Gina und lacht. »Wie lustig!«

»Nicht, wenn man in einem Flugzeug sitzt«, sage ich. Meine Handflächen sind feucht, mein Magen schmerzt. Lieber Gott, ich will noch nicht sterben. Und die anderen sicher auch nicht. Verstohlen sehe ich mich um: In diesem Flugzeug werden doch hoffentlich ein paar Menschen sitzen, die in ihrem Leben noch Großes vollbringen werden, Menschen, die heute auf keinen Fall abstürzen dürfen, weil das Schicksal noch Pläne mit ihnen hat.

»Flugangst! Eine erwachsene Frau!« Gina schüttelt lachend den Kopf. Es würde mich wundern, wenn das Schicksal mit ihr noch große Pläne hätte, aber die Hoffnung stirbt bekanntlich zuletzt. »Wovor *genau* hat man denn da Angst?«

Vivi, die den Fensterplatz bekommen hat, murmelt: »Vermutlich davor, zwei Stunden neben jemandem sitzen zu müssen, der nach Trésor riecht.«

»Also, *ich* liebe das Fliegen!«, sagt Gina, die so viel Trésor aufgelegt hat, dass auch die Leute ganz hinten im Flugzeug noch was davon haben. »Immer schon! Ich finde es einfach faszinierend, wie so ein riesiges Ungetüm aus Stahl voller Menschen und Koffer sich mir nichts, dir nichts in die Luft erhebt und in zwei Stunden die Alpen überquert.«

Ja, ja. Eben deshalb kommt es mir auch immer durchaus vernünftig vor, das Flugzeug zu nehmen, wenn man die Alpen überqueren will. Jedenfalls bei der Reise*planung*. Wenn es dann wirklich soweit ist, würde ich für die Überquerung lieber Elefanten nehmen.

»Angst vorm Fliegen! Eine erwachsene Frau!« Gina schlägt sich vor Lachen auf ihre Schenkel. Sie kriegt sich gar nicht mehr ein.

Ich höre eine Männerstimme von weiter hinten sagen: »Kann denn nicht mal jemand den Lachsack ausmachen?«

Gerne! Kommen Sie doch bitte nach vorne und suchen nach dem Aus-Knopf.

»Viele Menschen haben Flugangst«, sagt Vivi.

»Ja, aber die *fliegen* dann auch nicht«, sagt der Lachsack.

Ja, und das finde ich auch konsequent und richtig. Wie kann man nur so blöd sein und sich mit Flugangst in ein Flugzeug begeben?

Aber jetzt ist es zu spät.

Es fängt an zu brummen und zu vibrieren, etwas klackert laut, dann rollt die Maschine langsam los, zur Startbahn. Die Stewardessen fangen mit den Sicherheitseinweisungen an. Ich nehme nicht an, dass wir bei einem Absturz über den Alpen unsere Schwimmwesten brauchen werden und erspare mir für dieses Mal das Tasten unter den Sitz. Ich wette aber, meine Sauerstoffmaske klemmt und kommt im Falle eines plötzlichen Druckausgleichs *nicht* von allein von der Decke. Kann man das nicht mal überprüfen? Warum können wir die Sauerstoffmasken eigentlich nicht einfach die ganze Zeit über tragen? Das würde im Ernstfall viel Stress ersparen. Außerdem kriege ich jetzt schon kaum noch Luft.

Ich sehe mich misstrauisch um, als die Durchsage kommt, dass Handys und andere elektronische Geräte während des Flugs ausgeschaltet bleiben sollen. Sicher sitzen hier jede Menge Ignoranten, die ihr Handy anlassen, aus Angst, einen Anruf zu verpassen. Anstatt den Leuten ihre Nagelfeilen wegzunehmen, sollten sie besser die Handys beschlagnahmen.

Da! Zwei Sitze weiter hinten sitzt so ein Paris-Hilton-Verschnitt, der noch seelenruhig eine SMS verschickt. Ich sehe schon ihr Foto in der BILD-Zeitung, darunter die Schlagzeile: *Sie liebte ihr Handy mehr als ihr Leben – hundertsechzig Menschen riss sie mit in den Tod.*

Vivi hält normalerweise unaufgefordert meine Hand beim Start und der Landung, und bei den geringsten Turbulenzen in der Luft versucht sie mich abzulenken.

»Sieh mal da vorne, der Mann am Gang«, sagt sie dann beispielsweise. »Der sieht wirklich gut aus.«

»Der da links? Gutaussehend? Für einen Umpalumpa, vielleicht.« Diese Art Ablenkung hilft nur für ein paar Sekunden, aber immerhin. Im Flugzeug habe ich ohnehin keinen Blick für Männer. Ich halte stets die Stewardessen im Auge. Wenn die aufhören zu lächeln, steht ein Absturz unmittelbar bevor. Einmal haben sich alle Stewardessen hingesetzt und angeschnallt. Da wusste ich, dass mein letztes Stündchen geschlagen hatte. Vivi hat damals meine Hand gehalten, bis wir zu meinem großen Erstaunen sicher gelandet waren.

Aber jetzt kann Vivi meine Hand nicht halten, weil Gina zwischen uns sitzt und lacht. Ich atme flach und bete stumm, so wie ich das immer tue. Ich bitte Gott um Vergebung aller Sünden, die ich seit dem letzten Flug begangen habe. Ich denke an Mann und Kind und daran, dass ich schon wieder kein Testament gemacht habe.

Plötzlich hört Gina auf zu lachen.

Wir haben die Startbahn erreicht, das Flugzeug dreht sich in Position, bleibt stehen und macht einen mörderischen Krach.

Gina krallt ihre Hand in mein Hosenbein. »Was ist das?«, fragt sie.

»Meine Hose«, sage ich.

»Ich meine das *Geräusch*«, sagt Gina.

»Die Turbinen?«, sage ich und sehe hilfesuchend zu Vivi hinüber. Die kramt in ihrer Handtasche herum, vermutlich sucht sie einen Kaugummi.

»Ja, aber das klingt wirklich komisch«, sagt Gina.

»Blödsinn«, sage ich streng. HALLO? Will sie, dass ich mir vor Angst in die Hosen pinkele, oder was?

Offensichtlich. »Hier stimmt was nicht!«, sagt Gina kategorisch.

Ich spüre, wie mir kalter Schweiß ausbricht. Ich suche mit den Augen nach den Stewardessen, aber ich kann keine finden. Sind sie etwa ausgestiegen, als sie das komische Geräusch gehört haben?

Das Flugzeug setzt sich wieder in Bewegung, und Gina macht sich stocksteif in ihrem Sitz. »Na dann, gute Nacht«, sagt sie. »Ich bin wirklich schon oft geflogen, aber solche Geräusche habe ich noch nie gehört.«

Oh nein.

»Da ist was kaputt, und sie haben es nicht gemerkt«, sagt Gina.

Jetzt nimmt meine Angst eine ganz neue Dimension an.

»Hilfe! Stoppt das Flugzeug!«, will ich rufen, aber ich bekomme keinen Ton heraus. Mit einem Affenzahn brettern wir die Startbahn entlang und dann – viel zu früh für mein Gefühl – heben wir ab und steigen in die Luft.

Vivi schaut wie immer fasziniert aus dem Fenster.

»Oneinoneinonein!« Gina hat die Augen fest zusammengekniffen und ihre Hand immer noch in mein Hosenbein verkrallt. Sie ist schneeweiß im Gesicht.

»Vivi!«, jammere ich.

»Ich kann Danis und Caros Haus sehen! Sogar das Kinderplanschbecken!«, sagt Vivi, die Nase ans Fenster gedrückt.

Das Flugzeug macht einen Hüpfer durch ein Luftloch, und Gina reißt ihre Augen auf.

»Jetzt!«, flüstert sie.

Jetzt also! Das Ende ist nah. Ich kann nur hoffen, dass wir nicht auf Danis und Caros Haus stürzen werden. In meine Panik mischt sich Wut auf Vivi, die ja partout diesen Billigflieger buchen musste.

»Hilfe!«, flüstere ich, aber Vivi hört mich nicht.

Ich greife nach Ginas Hand. Irgendjemanden will ich festhalten, wenn ich sterbe, auch wenn dieser Jemand nach Trésor riecht.

Stocksteif, händchenhaltend und mit fest zusammengekniffenen Augen erwarten wir das Ende. Sekunden dehnen sich zu Minuten, Minuten zu Stunden, ein Vorgeschmack auf die Ewigkeit.

»Haben Sie auch Rotwein?«, höre ich Vivi fragen. »Oder was Stärkeres?«

Vorsichtig öffne ich die Augen. Da vorne sind die Stewardessen wieder. Sie schieben lächelnd ihr Wägelchen durch den Gang und machen einen entspannten Eindruck.

Durch das Fenster sehe ich watteweiße Wolkenfelder unter uns. Gina neben mir wimmert leise vor sich hin.

»Wir haben unsere Reiseflughöhe erreicht«, sagt der Lautsprecher.

»Und sind schon wieder nicht abgestürzt!« Vivi grinst mich an, bezahlt ein Glas Whisky und hält es Gina unter die Nase.

Langsam kehrt die Farbe in Ginas Gesicht zurück. Wortlos greift sie nach dem Whisky und kippt ihn in einem Zug hinunter. Dann dreht sie sich zu mir um und mustert mich besorgt.

»Na, du Arme, war es sehr schlimm?«, fragt sie. »Flugangst muss ja schrecklich sein!«

Ich schaue sie fassungslos an.

Arachnophobie, Batrachophobie und Entomophobie

oder die Angst vor der fremdländischen Fauna

Dass ich ein Angsthase bin, sagte ich ja schon. Und dass meine Ängste offenbar so exotisch sind, dass sie keine eigenen Namen haben, erwähnte ich ebenfalls. Dabei dachte ich wirklich, meine Phobien wären weit verbreitet, also quasi normal. Zum Beispiel die Angst, im Feriendomizil keinen funktionierenden Korkenzieher vorzufinden. Oder die Angst, aus Versehen den flauschigen Bademantel einzupacken, der dem Hotel gehört – ich habe das ganze Internet nach den Fachbegriffen dafür durchsucht, aber nichts Passendes gefunden.

Stattdessen bin ich auf zahllose andere Phobien gestoßen, die ebenfalls beim Reisen hinderlich sind, und leider muss ich sagen, dass etliche davon auf mich zutreffen, außer vielleicht der Koniophobie, der Angst vor Staub. Würde ich darunter leiden, könnte ich jetzt ganz sicher nicht so ruhig hier sitzen und schreiben. Ein einziger Blick unter mein Bett würde reichen, um einen echten Koniophobiker wohl für immer in eine geschlossene Abteilung zu bringen.

Aufgrund meiner Recherchen weiß ich jetzt, dass die Angst vor nackten Bäuchen, die mich an Stränden und in der gemischten Sauna manchmal überfällt, gar nicht selten ist, denn sonst hätte sie keinen eigenen Namen und schon gar nicht so einen schönen. Man muss ihn eine Weile üben, aber dann kommt er einem lässig über die Lippen.

Beim nächsten Mal, wenn ein zutraulicher älterer Herr an einem ansonsten menschenleeren Strand sein Handtuch einen Zentimeter neben meinem ausbreitet, mir zuzwinkert und sich anfängt zu entkleiden, werde ich meine Hand heben und sagen: »Um Himmels willen, lassen Sie das T-Shirt an, ich leide unter einer schlimmen Gymnogasterphobie.«

Und vielleicht habe ich ja Glück und der Mann rennt in Panik davon, weil er selber unter Sesquipedalophobie leidet, der Angst vor langen Wörtern. In diesem Fall würde es vielleicht Sinn machen, ein Schild hochzuhalten: *Sesquipedalophobiker? Dann halten Sie besser Abstand.* Für alle Fälle könnte man noch paar Kruzifixe, Haarbälle und Knoblauchzehen rund um das Handtuch arrangieren, am besten symmetrisch, denn dann würde man garantiert auch alle Staurophobiker, Sphairachättophobiker, Scorodophobiker und Symmetrophobiker abschrecken.

Gut, das mögen jetzt vielleicht an den Haarbällen herbeigezogene Phobien sein, aber unter der Angst vor Spinnen, diversen Amphibien und krabbelnden, stechenden und beißenden Insekten leide sicher nicht nur ich.

Vor allem ausländische Spinnen, Amphibien und Insekten sind nun mal zum Fürchten! Jeder kennt doch jemanden, der jemanden kennt, der im Ausland von einer Spinne in die Wange gebissen wurde und einen hässlichen Abszess bekam. Dieser Bekannte eines Bekannten sieht eines Morgens in den Spiegel, da öffnet sich der Abszess, und Hunderte winzig kleiner Spinnen krabbeln heraus und seilen sich zum Boden ab.

Als ich zwecks Inspiration im Bekannten- und Verwandtenkreis nach »lustigen« Urlaubserlebnissen fragte, bekam ich diese Geschichte gleich dreimal zu hören, einmal war die Cousine der Freundin meiner Schwägerin das Opfer, ein anderes Mal der Schwager eines Bekannten unserer Bäckereifachverkäuferin.

Meine Schwester sagte: »Ich frage mich auch, was daran lustig sein soll. Lustig war es aber damals am Gardasee auf dem Campingplatz, als der Tiger ausgebrochen war, weißt du noch? Mit einem einzigen Prankenhieb hätte er unser Zelt zerfetzen und uns zum Abendessen verspeisen können. Was hatten wir für einen Spaß.«

Meine Mutter sagte: »Es war ein Gepard, kein Tiger. Und er war zahm wie ein Kätzchen. Die Besitzerin musste ihn von einem Baum herunterlocken, auf dem er saß und kläglich miaute.«

Ich bedauerte zutiefst, mich an diese Episode nicht erinnern zu können, sehr wohl aber an die Spinne, die sich in unser Zelt verirrt hatte und die mein Vater in einem Kochtopf einfangen und aussetzen musste, weil meine Mutter nicht wollte, dass ihr etwas geschah. Wenn ich die Wahl zwischen einem zahmen Geparden und einer Spinne im Zelt/Kochtopf hätte, würde ich mich jederzeit für den Geparden entscheiden.

Eine andere Freundin mailte: »Meinst du so etwas wie Geschichten von Geckos, die dutzendweise an der Wand hochklettern und an der Decke hängen, um einem dann beim Schlafen in den offenen Mund zu fallen?«

Ja, genau so etwas meinte ich. (Danke, Michelle!)

Und dabei mochte ich Geckos bis zu diesem Zeitpunkt

immer gern. Gegen Kröten hatte ich auch nie etwas, bis ich eines Morgens in einem kleinen Wäldchen auf Korsika aufwachte und direkt in die goldenen Augen eines ganz besonders stattlichen Exemplars blickte. Dummerweise hüpfte die Riesenkröte bei meinem Aufschrei nicht in den Wald zurück, sondern mit einem Satz in meinen Schlafsack hinein, wo sie sich nicht, wiederhole: *nicht!* in einen Prinzen verwandelte. Bis heute muss ich einen Schlafsack immer erst einmal umstülpen und abtasten, bevor ich hineinkrieche.

Aber Spinnen sind immer noch am schlimmsten. Spinnen und Skorpione.

Ein richtiger Held

oder warum ich meinen Mann heiratete

In dem hübschen kleinen Hotel auf Kos, wo Frank und ich unseren ersten gemeinsamen Urlaub verbrachten, entdeckte ich in einer Ecke an der Zimmerdecke einen gelblich-weißen Kokon, in welchem eine überdurchschnittlich große getigerte Spinne wohnte, die dort ein und aus ging und überhaupt einen sehr lebhaften Eindruck machte. Ich wunderte mich, dass eine so große Spinne sich kopfüber an der Decke halten konnte, ohne vom eigenen Gewicht herabgezogen zu werden.

Allerdings wunderte ich mich aus sicherem Abstand, nämlich vom Balkon aus.

»Wahrscheinlich hat sie so eine Art Saugnäpfe an den Füßen«, sagte Frank und betrachtete die Spinne interessiert. »Was meinst du, hat sie Eier in diesem Kokon? Oder vielleicht schon viele, viele kleine Babyspinnen?«

Ich schwang ein Bein über das Balkongeländer.

»Stell dich nicht so an«, sagte Frank. »In Mexiko habe ich eine Spinne gesehen, die war dreimal so groß wie diese. Und sie hatte haarige Beine. Ich war heilfroh, dass ich in einer Hängematte lag.«

»Oh, mein Gott«, sagte ich. »In dieser Hängematte würde ich wohl heute noch liegen. Und zwar mausetot.«

»Es kommt noch besser«, sagte Frank. »Als ich da so

lag und die riesige Spinne auf dem Fußboden beobachtete, hörte ich plötzlich Schritte näherkommen. So wie von einer Frau mit hohen Absätzen. Aber es war kein Mensch, der da kam, es war – ein Käfer.«

»Mit Pumps?«

»Quatsch«, sagte Frank. »Ein Käfer mit einem Körper so groß wie meine Hand.« Frank hat sehr große Hände.

»Herrje«, sagte ich. »Jetzt habe ich auch noch Angst vor Käfern.«

»Der Käfer und die Spinne begannen, miteinander zu kämpfen. Der Kampf dauerte eine ganze Stunde«, fuhr Frank fort. »Und die Geräusche, die diese Tiere dabei machten, werde ich niemals vergessen. Was meinst du, wer gewonnen hat?«

»Ich tippe auf die Spinne.«

»Es war aber der Käfer«, sagte Frank. »Der Käfer hat die Spinne am Ende besiegt. Und dann hat er sie aufgefressen und ist klack, klack, klack davongegangen. Oh, jetzt ist sie weg.«

Unsere Spinne war in ihrem Kokon verschwunden. Das fand Frank ausgesprochen schade.

Als er versuchte, sie mit einem Kleiderbügel wieder hinauszulocken, bekamen wir das erste Mal in unserer noch frischen Beziehung Streit. Während die Spinne den Kleiderbügel angriff und Frank begeistert rief: »Hast du diese Beißwerkzeuge gesehen?«, bekam ich hysterische Schreianfälle, aus denen man die Worte »Rezeption!«, »Zoo!« und »sofort!« heraushören konnte, wenn man sich Mühe gab.

Dann sprang ich vom Balkon.

Frank beugte sich über das Geländer und fragte, ob ich mir was gebrochen hätte.

Ich war unverletzt. Das einzig Dumme war, dass ich nur eine Unterhose und ein T-Shirt anhatte und die Leute mich etwas befremdet anschauten.

»Ich rufe bei der Rezeption an, damit sie jemanden für die Spinne schicken«, sagte Frank.

»Ich warte so lange hier«, sagte ich und stellte mich hinter einen kleinen Busch.

»Ich weiß nicht«, sagte Frank. »Vielleicht gibt es da unten Schlangen. Mir ist vor zwei Jahren in Südafrika mal eine Schlange in die Boxershorts gekrochen, und das war kein wirklich tolles Gefühl.«

Dass einem so etwas widerfahren und man danach noch ein normales Leben führen konnte, war mir ein absolutes Rätsel. »Es würde mich auch nicht wundern, wenn du am Ende noch der Typ mit dem Spinnenbiss im Gesicht wärst«, sagte ich.

»Du meinst den, der in den Spiegel guckte und sah, wie Hunderte von Spinnen aus ihm herauskrabbelten?« Frank schüttelte bedauernd den Kopf. »Nein, das war ein Bekannter von einem Bekannten von der Schwester eines Freundes von mir.« Ein bisschen widerwillig warf er eine Jeans zu mir hinunter, dann telefonierte er.

Die Hotelleitung schickte sofort ein Spinnen- und Kokonentfernerteam in unser Zimmer, und als sie weg waren, wagte ich mich wieder hinein.

»Und sie hat dich auch wirklich nicht gebissen und ihre Eier in dir abgelegt?«, fragte ich.

»Nein, aber sieh mal!« Frank zeigte mir die tiefen Kerben,

die die Spinne in den Kleiderbügel gebissen hatte. Er sagte, dass er den Kleiderbügel als Andenken mit nach Hause nehmen wolle. Wir haben ihn heute noch und zeigen ihn immer gern vor, wenn wir Besuch bekommen.

Da hatte ich wohl endlich mal einen richtigen Mann an Land gezogen. Einen Mann, der mich vor Spinnen, Käfern und Schlangen beschützen konnte. Ich würde ihn fragen, ob er mich heiraten wollte. Morgen, vielleicht.

Vorerst kuschelte ich mich nur an ihn. »Woher hast du diese Narbe?«, fragte ich schläfrig.

»Oh, das war die Geschichte mit dem Krokodil in Australien«, sagte Frank und fing an zu lachen, als ich erschrocken die Augen aufriss. »Nein, da bin ich auf der Kellertreppe mit einem Kasten Sprudelwasser gestolpert.«

Er kraulte meinen Nacken. »Hast du denn noch mehr Phobien, von denen ich wissen müsste?«

»Nur eine sporadisch auftretende Glucodermaphobie«, sagte ich.

»Ach, damit kann ich leben«, sagte Frank. Was für ein mutiger Mann!

Glücklicherweise hat sich meine Glucodermaphobie inzwischen ganz gegeben: Vor der Haut, die sich auf warmer, zu lange stehen gelassener Milch bildet, muss man mich gar nicht mehr beschützen. Mit dem Älterwerden wird eben doch nicht alles schlimmer.

Das patentierte Easy-Click-System

oder die Angst, unterwegs stecken zu bleiben

Der Weg ist das Ziel. Reisen ist schöner als ankommen. Sicher, ja.

Eine solch alte Weisheit kann man nicht infrage stellen, nur weil man selber lange Autofahrten hasst, Zugfahren furchtbar findet und im Flugzeug vor lauter Angst hyperventiliert.

Es ist eben alles eine Frage der Einstellung, und mit etwas gutem Willen kann man jeder Situation etwas Positives abgewinnen. Selber schuld, wenn man es nicht genießt, auf der Fähre von Genua nach Sardinien in einer Kabine zehn Meter unter dem Meeresspiegel in einem versifften Etagenbett zu liegen und dem Rauschen diverser Rohre zu lauschen, während sich draußen auf dem Gang eine Klasse italienischer Spätpubertierender besäuft. Und je länger und anstrengender eine Autofahrt ist, umso mehr hat man sich den Urlaub doch verdient, oder nicht? Man kann doch auch hinterher herzlich darüber lachen, dass das Kind sich in jeder Serpentine zwischen Frutigen und Kandersteg übergeben musste, nicht wahr? Auch, wenn es nicht weniger als zwölf Serpentinen sind und einem in der fünften Kurve die Butterbrottüten ausgehen. (Und dabei habe ich schon so schnell gegessen, wie ich konnte!)

Und was nutzen einem Schneeketten, wenn man sie

nicht ausprobieren kann? Nichts! Sie nehmen nur unnütz Platz weg. Also freut man sich doch am besten, wenn sich nachts um drei endlich mal eine geschlossene Schneedecke auf der Fahrbahn bildet und man zu schliddern anfängt.

Frank jedenfalls freut sich. Er schliddert das Auto auf einen Parkplatz und zerrt die Schneeketten unter den Koffern hervor.

»Sekundenschnelle Montage dank patentiertem Easy-Click-System«, liest er laut die Verpackung vor.

Ich bin dafür, dass wir auf den Schneepflug und den Streuwagen warten und solange ein bisschen schlafen. Aber weder Mann noch Kind sind meiner Meinung. Das Kind will hinaus in den Schnee, und Frank will das Easy-Click-System testen.

Er meint, wenn wir einschliefen, würden wir möglicherweise erfrieren, was lächerlich ist, denn die Temperaturanzeige im Armaturenbrett zeigt genau null Grad. Der Schnee wird vermutlich bald in Regen übergehen.

Aber es wäre grausam von mir, Frank den Spaß zu verderben. Er ist so glücklich, endlich mal die Schneeketten montieren zu dürfen. Frank wirft nämlich sein Geld nur ungern für Dinge zum Fenster heraus, die er nie braucht.

»Das Leben ist ein Abenteuer«, sage ich also und setze halbherzig hinzu: »Soll ich dir helfen?«

Aber das brauche ich nicht. Das patentierte Easy-Click-System ist sogar mit einer Hand zu montieren, sagt Frank, und Frank ist sowieso der geschickteste Mann, den ich kenne.

Das Kind und ich bauen im Dunkeln einen Schneemann.

Der nasse Schnee klebt wunderbar. Nach ungefähr neunhundert Sekunden ist der Schneemann fertig.

Wir gucken, was Frank und die sekundenschnelle Montage machen. Frank ist neben dem linken Vorderreifen eingeschneit, in gebückter Haltung, die Schneeketten in der Hand.

»Es macht einfach nicht *klick*«, sagt er verzweifelt.

»Vielleicht sollten wir doch auf den Schneeräumer warten und so lange …«, sage ich, aber Frank unterbricht mich: »Ich hab's doch gleich!«, ruft er.

Es ist mir klar, dass der Urlaub gelaufen ist, wenn Frank die sekundenschnelle Montage der Schneeketten nicht gelingt. Also bauen wir noch einen Schneemann. Und eine Schneefrau, zwei Schneekinder und einen Schneehund. In der Zwischenzeit ist der Schnee in Regen übergegangen. Es wird allmählich hell.

»Fertig«, ruft Frank. »Wir können weiter.« Unsere durchnässten Klamotten sorgen für ein paar Pfützen im Auto und für beschlagene Fenster. Das Kind seufzt zufrieden, Frank sagt: »Man muss nur den Dreh einmal raushaben, dann geht es wirklich in Sekundenschnelle.«

»Beim nächsten Mal«, sage ich und: »Hauptsache, es hat überhaupt geklappt, und wir können endlich weiter.«

Gerade als wir losfahren wollen, kommt ein Räumungsfahrzeug über den Parkplatz gefahren und schiebt den Schneematsch zur Seite. Hinter ihm streut ein weiteres Fahrzeug Salz. Die Temperaturanzeige steht auf zwei Grad über null.

Frank macht den Motor wieder aus und sieht mich an.

Ich sage kein Wort.

»Ich mach die Dinger wieder ab«, sagt Frank. »Es geht auch ganz schnell.«

Ja, reisen ist schöner als ankommen.

Trotzdem stelle ich mir manchmal vor, wie herrlich es wäre, wenn man einfach das Haus samt Bewohnern nehmen und am Ferienort wieder hinstellen könnte. Einfach klick!, und man ist schon da, ganz ohne plattgesessenen Hintern und eingeschlafenen Fuß. Keine Fahrzeit, keine Schneeketten, keine Angst, nicht genug Unterhosen eingepackt zu haben. Sekundenschnelles Reisen mit dem patentierten Easy-Click-System. Irgendwann wird das mal jemand erfinden.

Im Schatten der Olivenbäume

oder warum mein Biorhythmus nicht mehr richtig tickt

Die Tochter meiner Freundin Vivi konnte jahrelang nur schlafen, wenn man sie durch die Wohnung trug und dabei »Somewhere over the rainbow« summte. Mein Sohn schlief überhaupt nicht, wenn man von den zehn Minuten-Nickerchen mal absah, die er ab und an einlegte, bevorzugt beim Autofahren. Als die Kinder zwei Jahre alt waren und Vivi und ich in der gleichen Zeit um vierzig Jahre gealtert, sahen unsere Männer ein, dass wir dringend Urlaub brauchten, und zwar ohne die Kinder. Und auch ohne die Männer, denn die mussten solange auf die Kinder aufpassen.

Wir mieteten ein kleines Häuschen in der Provence und wollten dort eigentlich eine ganze Woche lang nur eins tun: schlafen. Nebenbei wollten wir schon am helllichten Tag Wein trinken, im Schatten der Olivenbäume sitzen und lesen. Ach ja, und wenn dafür noch Zeit blieb, mit den Beinen im Pool baumeln und über unsere Schwiegermütter lästern, die nicht müde wurden, uns zu erzählen, dass ihre Kinder jede Nacht zwölf Stunden geschlafen hätten, und damit basta.

»Die ersten sechs Wochen sind hart, da brüllen sie sich die Seele aus dem Leib«, sagte meine Schwiegermutter. »Aber dann haben sie es kapiert.«

»Und ich habe heute den Salat«, sagte ich und warf einen Blick zu meinem Mann hinüber, der sein Kindheitstrauma bis heute leugnet.

Selbst verschuldet oder nicht: Fest stand, wir waren wirklich urlaubsreif. Schon auf der Fahrt konnten wir die Augen kaum noch offen halten und mussten uns im Viertelstundenrhythmus hinter dem Steuer ablösen, und als wir endlich da waren, freuten wir uns nur noch auf ein Bett.

Der Vermieter sagte, die Matratzen seien ganz neu und guter Schlaf somit garantiert. Und auch sonst würden wir uns sicher blendend erholen. Er und seine Frau seien vor fünf Jahren von Fuhlsbüttel hierhin ausgewandert, und seitdem hätten sie sich um zwanzig Jahre verjüngt.

Das Häuschen war wirklich zauberhaft: winzig klein, aus grauem Stein, mit türkisfarbenen Schlagläden und einer von echtem Wein umrankten Pergola. Das Anwesen der Vermieter lag zwar in Sichtweite auf dem weitläufigen Grundstück, aber weit genug entfernt, um sich ungestört fühlen zu können. Den Pool, randvoll mit glasklarem Wasser, hatten wir für uns allein, weil der Vermieter unter einer schlimmen Chlorallergie litt und seine Frau unter etwas, was er nicht näher benannte, was aber durch die Berührung mit Wasser zu schuppen anfing. Da Sonne der Haut seiner Frau besonders zuträglich war, lag diese den ganzen Tag auf der von Blicken abgeschirmten Terrasse des Haupthauses, was mich zu der Überzeugung kommen ließ, dass die einladenden Polster der Teakholzliegen, die unter den Olivenbäumen auf uns warteten, niemals mit den Schuppen der Vermietersgattin in Berührung gekommen waren.

Gleich neben dem Pool stand ein Orangenbaum, dessen

Blüten betörend dufteten. Aber das Schönste war die Stille, die diese Idylle umgab: nichts als Vogelzwitschern, Grillenzirpen und Bienensummen.

Der Vermieter hieß Heinrich und wollte, dass wir »Heini« zu ihm sagten. Das taten wir auch, obwohl wir dabei vor lauter Übermüdung immer kichern mussten.

Heini sagte, dass wir wegen der Skorpione nachts besser nicht barfuß im Garten herumspazieren sollten. Er sagte auch, dass die Skorpione hier sehr, sehr giftig seien, und erzählte uns von dem Gast, der im letzten Jahr *beinahe* qualvoll an einem Skorpionstich verendet war, nachdem er so unvorsichtig gewesen sei, barfuß über die Wiese zu gehen.

»Eigentlich sind sie aber sehr scheu. Tagsüber schlafen sie in dunklen Ecken«, sagte Heini, wobei sein Augenlid nervös zuckte. »Da muss man schon großes Pech haben, wenn man trotzdem auf einen drauftritt.«

Da ich ein solches Pech für mich erfahrungsgemäß nicht ausschloss, seit ich mal in eine Sorte Seeigel getreten war, die bis dato schon seit einem halben Jahrhundert für ausgestorben gegolten hatte –, erschien es mir klüger, die Schuhe auch tagsüber anzulassen.

Diese Lappalie würde mir den Urlaub aber nicht verderben.

»Meine neuen Sandalen kann ich ja immer noch in der Stadt tragen«, sagte ich.

»Gibt es sonst noch was, was wir wissen müssten, Heini?« Vivi kicherte. Wir konnten beide nicht glauben, dass es außer dem bescheuerten Vermieter-Namen und den Skorpionen keinen Haken an der Sache geben sollte.

Aber nein, beteuerte Heini, denn die Tierchen, die an heißen Tagen aus dem Abfluss der Dusche gekrochen kämen, seien völlig harmlos.

Was er nicht sagte, war, dass sie immer dann herauskamen, wenn man gerade duschte. Aber da sie nicht gefährlich waren und auch nicht auf die Idee kamen, einen an den Beinen hochzuklettern, beschlossen wir, uns auch von ihnen den Urlaub nicht verderben zu lassen.

Es wäre also alles wunderbar gewesen, wenn nicht just an diesem Abend einer der Skorpione beschlossen hätte, von nun an nicht mehr scheu zu sein und auch nicht mehr darauf zu warten, dass jemand in den Garten kam und auf ihn drauftrat.

Er kam schnurstracks in unser Häuschen gekrabbelt und hängte sich zur Begrüßung unübersehbar an die weiße Wand über dem Sofa, gleich neben einen Druck von Kandinsky. Das musste man ihm im Grunde noch hoch anrechnen, weil er sich alternativ ja auch in unseren Turnschuhen hätte verstecken und uns dort hätte begrüßen können.

Er ließ gelassen das Gekreische über sich ergehen, das wir zu seiner Begrüßung anstimmten, obwohl dabei der Kandinsky gefährlich zu wackeln anfing.

»Was machen wir jetzt?«, flüsterte Vivi, als wir das Gekreische eingestellt und uns zwei Meter weiter zurückgezogen hatten. »Ich will noch nicht sterben.«

Ja, was sollten wir machen? Zu Hause habe ich für Spinnen, die sich beispielsweise in die Badewanne verirren, ein handliches kleines Plastikgerät, das »Snappy« heißt. Denn Spinnen sind nützlich, und außerdem sind sie »Gottes kleine Kreaturen«, wie meine Mutter immer sagt. Snappy ermöglicht es, das nützliche Tier vorsichtig einzufangen und draußen wieder auszusetzen, ohne ihm näher als einen Meter kommen zu müssen. Ich bin froh, dass ich Snappy habe. Und ich habe Frank. Frank kann gut mit Snappy umgehen.

Aber jetzt waren Frank und Snappy tausend Kilometer weit weg, sie konnten uns nicht helfen.

»Wir könnten ihn an der Wand zerquetschen«, sagte Vivi.

»Ja«, sagte ich. »Die Frage ist nur, wie.«

»Wir nehmen dieses Buch da«, sagte Vivi und zeigte auf den Bildband, der vor dem Sofa auf dem Tisch lag. *Mit der provencalischen Küche durch die vier Jahreszeiten.* Es gehörte Heini, und ich gab zu bedenken, dass er es sicher nicht gut fände, wenn ein toter Skorpion an seinem Buch klebte.

»Das ist mir so was von egal«, sagte Vivi. »Ich bleibe hier nur eine Woche, keine vier Jahreszeiten. Es ist außerdem auch Heinis Skorpion.«

Wir starrten das Tier eine Weile an. Wie konnte ein so winziges Geschöpf nur so unglaublich böse und gefährlich aussehen?

»Es ist sicher nützlich und außerdem Gottes kleine Kreatur«, sagte ich trotzdem.

»Nützlich?«, sagte Vivi. »Du meinst, weil er Würmer isst?«

»Ja, zum Beispiel«, sagte ich. Eigentlich hatte ich keine Ahnung, was Skorpione so essen.

»Sicher sehen die Würmer das anders«, sagte Vivi. »Abgesehen davon, dass sie auch sehr nützlich und überdies Gottes kleine Kreaturen sind.«

»Ja«, sagte ich. »Manchmal muss man auch Partei ergreifen, nicht wahr? In diesem Fall für die Würmer.«

»Und vielleicht ist das ja auch derselbe Skorpion, der letztes Jahr diesen armen Mann gestochen hat«, versuchte Vivi, unsere Wut weiter zu schüren.

»Bestimmt sogar«, sagte ich. »Also los, zerquetschen wir ihn.«

»Du bist aber dran«, sagte Vivi. In unserem letzten gemeinsamen Urlaub vor drei Jahren hatte sie nämlich eine tote Maus aus der Badewanne entfernt.

Ich verzichtete darauf, sie darauf hinzuweisen, dass eine tote Maus wohl kaum mit einem lebendigen Skorpion zu vergleichen war, sondern machte einen Ausfallschritt und grabschte das schwere Buch vom Couchtisch.

»Das war schon mal super«, sagte Vivi. »Und jetzt wirf, so fest du kannst.«

Das tat ich auch. Ich warf das Buch, so fest ich konnte, an die Wand. Direkt neben den Skorpion. Beide, Skorpion und Buch, fielen zu Boden. Und der Kandinsky auch.

»Daneben!«, kreischte Vivi. »Du dämliche Kuh!«

»Selber! Wo ist der Skorpion?«, kreischte ich zurück.

»Keine Ahnung!«, kreischte Vivi. Und da hielten wir es nicht länger aus und rannten kreischend aus dem Haus und hinüber zu Heini.

Heini schimpfte nicht wegen des Kandinskys und auch nicht wegen des Kochbuchs. Er schimpfte nur wegen der Skorpione. Das ganze Leben könnten sie einem verleiden, diese Biester, und allmählich habe er es wirklich satt, dass sie auf seinem Grundstück ihr Unwesen trieben. In Deutschland sei zwar das Wetter immer beschissen, aber Skorpione gäbe es da wenigstens nicht. Während er das Bild wieder aufhängte und das Buch auf den Couchtisch zurücklegte, sah ich genau, wie seine Hände zitterten.

»Am besten, wir verkaufen den ganzen Mist hier und gehen zurück nach Fuhlsbüttel«, murmelte er.

»Aber erst wollen wir doch diesen Skorpion finden, nicht wahr, Heini?«, sagte ich, ganz ohne zu kichern.

Heini machte nicht den Eindruck, als wäre er besonders scharf darauf, den Skorpion zu finden. »Wahrscheinlich lauert er hinterm Sofa. Wussten Sie, dass man von einem Skorpionstich ein Leben lang gelähmt bleiben kann?«

Vivi und ich tauschten einen besorgten Blick. Offenbar hatte Heini gerade eine Lebenskrise. Und wer sollte dann bitteschön unseren Skorpion aufspüren? Glücklicherweise wusste Vivi, was in so einem Fall zu tun war.

»Ach, Heini! Sie sind ein wirklich mutiger Mann«, sagte sie mit einem entzückenden Augenaufschlag. »Wir wüssten gar nicht, was wir ohne Sie tun würden. Natürlich wissen wir, dass die Angst vor so einem kleinen Skorpion lächerlich ist, aber wir sind eben Frauen …«

Da gab Heini seine Rückwanderungspläne nach Fuhlsbüttel vorübergehend auf, straffte seine Schultern und rückte todesmutig das Sofa von der Wand ab.

Es nutzte nur nichts: Der Skorpion war verschwunden. Wir konnten ihn nirgendwo entdecken. Dummerweise aber genügend Ritzen in Boden und Wand, die genug Raum boten für einen Skorpion.

»Er wird wieder nach draußen gegangen sein«, meinte Heini. So ein Heini. Aber an seiner Stelle hätte ich das natürlich auch gesagt.

»Ja«, sagte ich. »Möglicherweise ist er wieder nach draußen gegangen.«

Möglicherweise aber auch nicht.

»Schlafen Sie gut«, sagte Heini und wünschte uns noch angenehme Träume.

Aber wir schliefen nicht gut. Wir schliefen überhaupt nicht. Wir ließen die ganze Nacht das Licht brennen, um den Skorpion sofort zu sehen, wenn er sich dem Bett näherte, und wir hielten abwechselnd Wache. Vivi summte »Somewhere over the rainbow«, und dabei dämmerte ich kurz mal weg, nur um sofort wieder hochzuschrecken, weil ich von einem Skorpion auf dem Kopfkissen geträumt hatte.

Am Morgen waren wir wie gerädert. Wir verschoben den Besuch im Städtchen und legten uns im Schatten der Olivenbäume auf unsere Liegen. Zum Lesen waren wir zu müde.

»Und du bist sicher, dass Skorpione tagsüber nicht herumlaufen und Leute stechen?«, fragte Vivi.

»Ganz sicher«, sagte ich, und da fielen mir auch schon die Augen zu.

Erst abends um sechs fühlten wir uns kräftig genug, die Liegen zu verlassen. Wir schlenderten hinab ins Städtchen, aßen zu Abend und verbrachten dann die Nacht am Pool, wo wir in Decken gewickelt Wein tranken und über unsere Schwiegermütter lästerten, während unsere Blicke emsig über Boden und Wände huschten. Immer wenn wir müde wurden – man muss bedenken, dass wir zwei Jahre Schlafmangel nachzuholen hatten – gingen wir eine Runde schwimmen. Das anschließende Zittern und Zähneklappern machte uns wieder frisch und munter.

Die Sonne ging auf, die Skorpione legten sich schlafen, und Vivi und ich streckten uns auf unseren Liegen aus. Bevor wir einschliefen, sagte Vivi: »Man kann sich daran gewöhnen, nicht wahr?«

»Hm, ja«, murmelte ich schlaftrunken.

Als unsere Männer am Abend anriefen und sich erkundigten, ob wir endlich ausgeschlafen seien, konnten wir diese Frage durchaus bejahen.

Alles in allem wurde es ein erholsamer Urlaub: Wir schliefen den ganzen Tag und verbrachten die Nacht mit Schwimmen, anregenden Gesprächen und Getränken. Sogar ein paar Romane schafften wir zu lesen, wobei wir aber immer auch den Boden und die Wände wachsam im Auge behielten. Bis heute kann ich tagsüber viel besser schlafen als des Nachts, es ergibt sich ein Tagesschläfchen nur höchst selten, außerdem fehlt mir zu Hause der Pool.

Der Skorpion tauchte übrigens den ganzen Urlaub über nicht mehr auf, und wir sahen auch keinen anderen.

Im folgenden Jahr aber mieteten Freunde von uns Heinis schönes Häuschen, und sie erzählten von einem Skorpionnest, das sie im Bilderrahmen des Kandinsky-Druckes über dem Sofa gefunden hatten. Vierzehn Skorpione waren in alle Richtungen davongekrochen und in allen möglichen Ritzen verschwunden.

Schrecklich! Ich hätte kein Auge mehr zugetan. Und Heini war nach diesem Erlebnis sicher nach Fuhlsbüttel zurückeingewandert.

Holykuhphobie

oder die Angst vor Erleuchtung

Wegen meiner profunden Ängste habe ich noch nicht wirklich viel von der Welt gesehen. Und wenn, dann immer nur aus Versehen oder weil ich es nicht besser wusste.

Noch nie war ich in einem Land, in dem man Wasser abgekocht zu sich nehmen sollte oder als Frau nur verschleiert in der Öffentlichkeit herumlaufen darf. Länder, in denen man das Hotel nur in bewaffneter Begleitung verlassen und Bargeld in der Unterhose verstecken sollte, habe ich ebenso gemieden wie solche, in denen Insekten lästige Krankheiten übertragen. Die Mückenstiche, die meine Freundin Vivi vor acht Jahren aus ihrem Thailand-Urlaub mitgebracht hat, jucken heute noch wie am ersten Tag. (Und wenn du mich fragst, sind das auch gar keine Mückenstiche, Herzchen. Irgendwann werden sie aufbrechen, und winzig kleine Spinnen werden herauskrabbeln …)

Für mich ist es auch eine schreckliche Vorstellung, ein Land zu bereisen, in welchem sich einem die bettelnden Hände von mageren Kindern entgegenstrecken, sobald man den klimatisierten Reisebus verlässt.

»Dadurch, dass du da nicht hinfährst, geht es den Kindern aber auch nicht besser«, sagt Insa, die heuer eine Reise nach Indien organisiert. Im Gegenteil, sagt Insa, ich würde die Kinder dort sogar sehr glücklich machen, wenn ich käme und ihnen ein paar von den Kugelschreibern schenken würde, die Insa für die Mitglieder der Reisegruppe im Großhandel besorgt hat, zu umgerechnet zwei Cent das Stück. Auch über alte T-Shirts würden sie sich dort sehr freuen.

»Und am allermeisten freuen sie sich über ein Lächeln«, behauptet Insa.

Genau genommen ist ihre vierzehntägige Indienreise somit gar keine Vergnügungsreise, sondern ein einziger Akt der Nächstenliebe und Entwicklungshilfe. Dank der Kugelschreiber werden die Kinder keine Analphabeten, die alten T-Shirts schützen sie in rauen Winternächten, das Lächeln wärmt ein Leben lang ihre Herzen. Eine Benefizreise also, bei der man nebenher auch noch das Tadsch Mahal besichtigen und günstig gefakte Prada-Handtaschen einkaufen kann.

Indien ist ein wunderschönes, kulturell hochinteressantes Land, und eigentlich würde es mich schon sehr reizen, es einmal zu besuchen. Ich fürchte mich aber auch vor heiligen Kühen, abgemagert bis auf das Skelett, die vor dem Bus auf der Suche nach einem Schluck Wasser herumtorkeln, und vor kranken Menschen am Straßenrand, obwohl Insa versichert, dass man auch diese Unglücklichen mit ein paar Kugelschreibern und alten T-Shirts glücklich machen könne.

Vor meinem geistigen Auge sehe ich die Kühe eins von Insas fliederfarbenen T-Shirts fressen und muss weinen.

»In Indien hat Glück ohnehin eine ganz andere Bedeutung«, sagt Insa. »Wir Abendländer können von den Indern so viel lernen. Man wird dort ein ganz anderer Mensch, quasi wiedergeboren durch die Konfrontation mit einer anderen Kultur und Denkweise. Verwöhnt, oberflächlich und mit engem Horizont fährt man hin, und erleuchtet kehrt man nach Hause zurück.«

Erleuchtung – das hört sich allerdings wunderbar an. Was habe ich nicht schon alles auf mich genommen, um mein Bewusstsein zu erweitern, und jetzt serviert Insa mir die Erleuchtung quasi auf dem Tablett für nur eintausendsechshundertfünfzig Euro.

Fast hat sie mich soweit, über meinen Schatten zu springen. Aber dann fällt mir glücklicherweise wieder ein, was ich noch mehr fürchte als den Anblick abgemagerter Kinder: den langen Flug mit Zwischenlandung in Kopenhagen – warum eigentlich Kopenhagen? Das liegt nicht mal auf der Strecke! – und vierzehn Tage im Reisebus neben einer Erleuchteten zu sitzen, die nach Trésor riecht, eine Tüte mit Kugelschreibern zu zwei Cent das Stück an die Brust gedrückt.

Nein, danke, da bleibe ich doch lieber weiter unerleuchtet. Ich denke aber, ich könnte Insa zwanzig Euro spenden, damit könnte sie einhundert Inder, Kinder und Rinder mit Kugelschreibern glücklich machen. Und vielleicht ist sie so nett und bringt mir eine gefakte Prada-Tasche mit.

Biellaphobie

oder die Angst vor unbekannten Italienisch-Vokabeln

In Mathe bin ich eine Niete, aber für Sprachen habe ich eine echte Begabung«, sagt Gina. »Ich muss eine Sprache nur hören, schon kann ich sie sprechen. Und wenn ich ein paar Wochen in einem Land bin, kann man mich von einem Einheimischen kaum noch unterscheiden.«

Ich bin unheimlich beeindruckt. Und neidisch.

»Französisch, Italienisch, Spanisch, Niederländisch und Englisch, natürlich«, listet Gina auf. »Und Türkisch und Kroatisch, aber nicht *ganz* so gut.«

Da wir in Italien sind, macht das nichts. Ich bin zwar neidisch, aber auch sehr froh, dass wir Gina dabei haben, denn ich kann kein Italienisch. Und Vivi besucht zwar seit einem Jahr einen Italienisch-Kurs, traut sich aber nie so recht zu sprechen. Im entscheidenden Moment fehlen ihr immer die Vokabeln.

»Kann man, äh … lasciare … ähem … das Auto … qui?«, fragt sie einen Passanten und wird dabei feuerrot. Wir sind uns nicht sicher, ob wir den Mietwagen direkt an der Stadtmauer parken dürfen, es gibt nämlich kein Schild, das das erlaubt. Allerdings auch kein Schild, das es verbietet.

Der Mann versteht Vivi nicht, lächelt uns aber sehr nett an. Nirgendwo lächeln die Männer netter als in Italien.

»Mist«, sagt Vivi. »Was heißt denn noch mal *Stadtmauer*?«

Ich zeige auf das Auto, mache ein fragendes Gesicht, schreibe dann einen imaginären Strafzettel aus und zeige wieder auf das Auto. Das findet der Mann lustig, aber leider versteht er nicht, was ich ihn damit fragen will.

Jetzt mischt sich Gina ein, die sich bis dahin noch im Außenspiegel frisiert, die Lippen nachgezogen und großzügig mit Trésor besprüht hat.

»Autovettura senza problemi parteggiare qui, patata lesse?«, fragt sie, und es klingt beeindruckend mit den authentisch rollenden Rs. Wenn ich es nicht besser wüsste, würde ich sie für eine richtige Italienerin halten.

Der Passant wird plötzlich ernst und runzelt die Stirn.

»Patate – sind das nicht Kartoffeln?«, murmelt Vivi. Mich muss sie da nicht fragen, ich weiß es nicht. Später am Abend wird Vivi in ihrem Italienisch-Wörterbuch nachschlagen und behaupten, dass Gina folgendes zu dem Mann gesagt hat: »PKW ohne Probleme hier Partei ergreifen, Salzkartoffel?«

Aber Gina sagt dann, das hat Vivi nur falsch verstanden.

»Autovettura allevamento a qui?«, sagt sie zu dem Mann, diesmal ein bisschen ungeduldiger.

Der Mann sagt achselzuckend: »Penso che Lei stamattina non ha preso le sue compresse.«

»Kein Problem«, übersetzt Gina für uns. »Hier gibt es keine Politessen.«

»Compresse heißt doch nicht Politesse«, sagt Vivi.

»Natürlich nicht«, sagt Gina und lacht Vivi aus. »Compresse kommt aus dem Lateinischen, von *komprimieren.*«

Zu dem Passanten sagt sie: »Mille grazie altrettanto, buon profumo!«

Der Mann macht einen verwirrten Eindruck, aber er lächelt wieder, als er sich zum Gehen wendet: »A volte sarebbe meglio, tenere la bocca chuisa e sorridere.«

Gina sagt: »Ich weiß selber, dass ich ein nettes Lächeln habe.«

»Bocca heißt Mund«, sagt Vivi.

»*Und* einen schönen Mund«, sagt Gina.

Ich lege Gina einen Arm um die Schulter und sage, dass ich sehr froh bin, dass sie so gut Italienisch spricht. Da fühlt man sich doch gleich viel sicherer.

Vivi sagt nichts dergleichen, sie guckt nur finster und murmelt: »Und profumo heißt Parfüm.«

Gina sagt, dass sie nicht profumo gesagt habe, sondern profundo.

»Und was soll das bitteschön in diesem Zusammenhang heißen?«, fragt Vivi.

Ich merke sehr wohl, dass die Stimmung ein bisschen gereizt ist und schlage vor, dass wir erst einmal einen Cappuccino trinken und über etwas anderes reden. Schließlich haben wir Urlaub.

Am Abend, nachdem Vivi eine Weile in ihrem Wörterbuch geblättert hat, erklärt sie, Gina habe den Mann nicht nur als Salzkartoffel beschimpft, sondern auch nach einer PKW-Zucht gefragt, und daraufhin habe er sich erkundigt, ob sie ihre Tabletten – *compresse* nämlich – genommen habe und ihr außerdem nahegelegt, doch besser den Mund zu halten und einfach nur zu lächeln.

Gina findet es sehr, sehr amüsant, was Vivi alles falsch

verstanden hat. Sie sagt, das seien ganz typische Anfängerfehler, aber wenn Vivi nur ein bisschen Geduld haben würde, dann könne sie irgendwann auch mal so gut Italienisch wie Gina. Wenn Vivi wolle, dann brächte Gina ihr gern ein bisschen was bei. Vivi müsse sich nur auch mal trauen, mit den Einheimischen zu sprechen.

»Denn nirgendwo«, sagt Gina, »kann man eine Sprache so gut lernen wie direkt vor Ort. Du musst keine Minderwertigkeitskomplexe haben, nur weil es bei dir noch nicht so fließend klappt wie bei mir. Übung macht den Meister, ich habe auch mal klein angefangen.«

»Patata lessa«, sagt Vivi, was, wie ich ja jetzt weiß, »Salzkartoffel« heißt. Ich finde, Vivi ist nicht besonders nett zu Gina.

»Du könntest ruhig auch mal anerkennen, wenn jemand was besser kann als du«, sage ich zu ihr, als Gina sich die Zähne putzen geht.

»Würde ich ja«, sagt Vivi. »Aber sie kann es ja gar nicht besser als ich.« Und dann nimmt sie eine Kopfschmerztablette, una compressa per il mal di testa.

»*Contra* il mal di testa, meinst du wohl«, sagt Gina, die sich lautlos wieder angeschlichen hat. »Im Badezimmer ist übrigens un ragno.«

Ich hoffe sehr, dass *ragno* das italienische Wort für »Bidet« ist und nicht etwa das für »tote Maus«.

Der nette Kellner, der uns am nächsten Nachmittag die Cappuccinos an den Tisch bringt, lächelt bezaubernd, stemmt seine Hände in die Hüften und lässt einen melodischen Wortschwall auf uns los.

»Er sagt, seine Cappuccinos sind die besten in ganz Ligurien, und er fragt, ob wir lange bleiben«, übersetzt Vivi ganz stolz.

»Müsste es nicht eigentlich Cappuccini heißen?«, sagt Gina. »Wie bei Zucchini?«

»Sagt ihm, dass wir es hier ganz toll finden, aber leider am Samstag schon wieder nach Hause fliegen.« Ich lächele den netten Kellner entzückt an und bedauere es wieder einmal, kein Italienisch sprechen zu können.

»Äh … hm …«, sagt Vivi zu dem Kellner. »Liguria … äh … bella …« Sie wird ein bisschen rot.

»Lass mich mal!« Gina beugt sich vor und sagt: »Suo Cappuccino è delizioso, Italia è una molta bella terra, mais we mussa a nosso domi a sabato to nosso homi plus bambini.«

Der Kellner zieht die Augenbrauen hoch, lächelt noch einmal strahlend und geht.

Gina lehnt sich zufrieden zurück.

»Was hat sie ihm gesagt?«, erkundige ich mich bei Vivi.

»Keine Ahnung«, sagt Vivi. »Italienisch war das jedenfalls nicht.«

»Ich habe ihm gesagt, dass wir es hier sehr schön finden, aber am Samstag leider wieder zu unseren Männern und Kindern nach Hause müssen.« Gina nimmt einen Schluck aus ihrer Tasse. »Jetzt ist er wohl enttäuscht, dass wir verheiratete Frauen sind. Sorry, Mädels.«

»Oder er hat kein Wort von dem verstanden, was du gesagt hast«, sagt Vivi.

»Natürlich hat er mich verstanden«, sagt Gina. »Auch wenn ich ab und an noch ein paar englische, französische oder lateinische Brocken einstreue.« Sie lächelt Vivi aufmunternd an. »Weißt du, man muss sich gar nicht so viele

Gedanken machen, sondern einfach drauflosreden. Sonst lernt man das nie.«

»Ich sag nur: Patate lesse«, sagt Vivi.

»Dafür kannst du wahrscheinlich die Grammatik und die Rechtschreibung viel besser als ich«, sagt Gina versöhnlich. »Ich lerne ja alles nur nach dem Hörensagen. Also ungefähr so, wie man auch Musik lernt. Jede Sprache hat ihre eigene Melodie …«

Mmmh, der Cappuccino ist wirklich köstlich. Und die Sonne scheint, und die Piazza bietet einen spektakulären Blick auf das Mittelmeer. Urlaub ist wirklich was Feines.

Wenn nur Gina und Vivi endlich mit der blöden Italienisch-Zankerei aufhören würden.

»Was heißt Untertasse auf Italienisch?«, will Gina von Vivi wissen.

Vivi weiß es nicht.

»Ich denke, du machst einen Italienisch-Kurs«, sagt Gina.

»Ja, aber Untertasse hatten wir noch nicht«, sagt Vivi.

Ich versuche, gar nicht hinzuhören. Der Kirchturm wirft so ein hübsches Muster auf das Pflaster, und dort ganz hinten auf der Mauer schläft tatsächlich eine Katze, die sich gar nicht von den knatternden Mofas stören lässt, die direkt an ihr vorbeirasen.

Und die Luft schmeckt nach Ferien. Einfach himmlisch.

»Sonnenbrille heißt occhiali solare«, sagt Gina. »Und Gürtel heißt cintura.«

»Und das interessiert kein Schwein«, sagt Vivi.

»Wir können doch auch mal über etwas anderes reden«, sage ich. Oder auch nur mal schweigen.

»Ruhe heißt quiete«, sagt Vivi.

»Du meinst wohl silenzio«, sagt Gina.

»Ja«, sagt Vivi. »Silenzio!«

Aber Gina denkt gar nicht daran. »Avo fame, e lei?«, fragt sie.

»Hä?«

»Ich habe Hunger, und ihr?« Gina seufzt. »Ich vergesse immer, dass eure Italienisch-Kenntnisse nur rudimentär sind und ich alles für euch übersetzen muss. Wo sind denn hier die Toiletten?«

»Da hinten«, sage ich. Gina hat eine schwache Blase und trinkt sehr viel, deshalb muss sie jede halbe Stunde auf Toilette. Anfangs ging mir das auf den Wecker, aber allmählich fange ich an, diese Pipipausen zu genießen. Denn dann ist es endlich mal still.

»Gibst du jetzt zu, dass sie eine Nervensäge ist?«, fragt Vivi. »We mussa a suo domi – *hallo*?«

»Ab und zu streut sie eben mal ein paar englische oder lateinische Brocken ein«, sage ich.

»Mussa? Was ist das für ein Brocken?«

»Vielleicht haben wir das nur falsch verstanden.«

»Ach Blödsinn, du – Salzkartoffel, du«, sagt Vivi.

Ich muss Gina verteidigen. »Mag sein, dass sie ab und zu mal einen Fehler macht! Aber *ich* kann sie von einer echten Italienerin nicht unterscheiden, so toll hört sich das an!«

Da sagt Vivi: »Tatsächlich? Da mussa ego ja glatt wieder nehma una compressa gegen Kopfschmerzi, damit ego non werda verrückta, weil meine doofa Freundin always nehma in Schutza Bekloppta.«

»Sei nicht albern«, sage ich. »Ego nehma sie gar nicht in Schutza.«

»Sieh an! Na, wenn du kein Naturtalent für diese Sprache hast, dann weiß ich es aber auch nicht!« Vivi lächelt spöttisch. »Du musst dich nur auch mal trauen, mit den Einheimischen zu sprechen.«

Beim Abendessen spitzt sich die Situation noch zu. Gina zeigt auf jeden Gegenstand und fragt nach dem italienischen Wort dafür. Vivi nimmt demonstrativ wieder eine Kopfschmerztablette.

Ich versuche, ein normales Gespräch in Gang zu bringen. »Ist das nicht wunderschön hier? Diese dicken Mauern und die tollen Fenster, das erinnert mich an …«

»La finetra!«, ruft Gina. »Das Fenster.«

»Finestra!«, sagt Vivi.

»Sag ich doch«, sagt Gina. »Tür ist *porta.* Und was heißt Salzstreuer?«

»Säga di nerva«, sagt Vivi.

»Hm? Sale saliere heißt es«, ruft Gina.

»Und was heißt Vorschlaghammer?«, fragt Vivi und reibt sich über die Schläfen.

In diesem Restaurant gibt es nur ein einziges Menü, das heißt, alle Gäste essen das Gleiche. Und es wird gegessen, was auf den Tisch kommt. Das Restaurant ist ein Geheimtipp unseres Vermieters gewesen, und es hat auch einen Stern im Michelin oder so. Wir hatten großes Glück, einen Tisch zu bekommen. Ein gewisses Risiko birgt der Besuch hier natürlich, da sich das Restaurant auf alte ligurische Speisen spezialisiert hat, aber bis jetzt sind noch keine gebratenen Singvögelchen serviert worden.

Diesmal bringt der Maitre – es gibt keinen Kellner hier, es serviert der Herr des Hauses persönlich, während die Dame des Hauses mit ein paar Helfern in der Küche das Essen zaubert – eine köstlich duftende Auflaufform an unseren Tisch. Gut gelaunt erklärt er uns, was darin ist. Auf Italienisch. Wir lächeln ganz begeistert, warten, bis er wieder weg ist, dann fragen wir alle drei auf einmal: »Was hat er gesagt?«

»Fagioli«, sagt Vivi. »Bohnen.«

»Bohnen stimmt schon mal«, sage ich, nehme mir etwas davon auf meinen Teller und schnuppere diskret. »Und *miele,* Honig, hat er gesagt.« Endlich habe ich nämlich auch mal was verstanden.

»Nein, er hat *biella* gesagt, nicht *miele*«, verbessert mich Gina. »*Biella* fagioli. Und das heißt weiße Bohnen.«

»Weiß heißt bianco«, sagt Vivi.

»Dann heißt *biella* eben hell«, sagt Gina leicht aggressiv.

»Hell heißt chiara«, sagt Vivi.

»Manchmal gibt es auch zwei Wörter mit ein und derselben Bedeutung«, blafft Gina sie an. »Warum musst du eigentlich immer meine Kompetenz anzweifeln?«

Die Leute vom Nachbartisch gucken zu uns hinüber.

»Welche Kompetenz?«, fragt Vivi.

»Guten Appetit«, sage ich tadelnd. »Und jetzt benehmt euch mal. Was sollen denn die Leute von uns denken?«

»Appetissimo«, sagt Gina.

»Das … – ach egal«, sagt Vivi.

Wir essen unsere weißen Bohnen mit einer sehr pikanten Honig-Kräuter-Soße und sagen »hmmmm!«, was wohl in jeder Sprache das Gleiche bedeutet.

»Delizioso!«, sagt Gina mit vollem Mund. »Aber *biella* heißt auf jeden Fall hell.«

»Von mir aus«, sagt Vivi.

»*Biella* kann ja hell heißen«, sage ich und ignoriere Vivis warnenden Blick. »Aber er hat *miele* gesagt und nicht *biella,* da bin ich ganz sicher.« Das hätte ich besser nicht gesagt. Denn jetzt kann Gina einfach nicht mehr aufhören, das Wort *biella* zu sagen.

»Biella«, sagt sie. »*Biella,* nicht *miele. Biella.* Hell!«

Vivi und ich tauschen einen besorgten Blick. Ginas Besessenheit von dem Wort *biella* hat allmählich etwas Beängstigendes, in ihren Augen blinkt unverkennbar ein Hauch von Irrsinn. Aber vielleicht hört sie ja wieder auf, wenn man ihr nicht mehr widerspricht. Ich zucke also mit den Achseln und sage: »Von mir aus hat er *biella* gesagt.«

»Ja, und *biella* heißt hell«, sagt Gina. »Schade, dass du das Wörterbuch nicht dabei hast, Vivi.«

Vivi knirscht mit den Zähnen. Man kann es nicht hören, aber ich sehe, wie ihre Kiefer aufeinandermahlen. »Es ist sicher gut, dass ich es nicht dabei habe«, sagt sie. »Denn sonst würde ego wohl haua das Bucha auf dein Kopfa ganz festa.« Sie flüstert es nur, aber Gina hört es trotzdem.

»Kopf heißt *capo*«, sagt sie. »Buch heißt *libro.* Und *biella* heißt hell.«

»Wir glauben dir doch auch so«, sage ich zu Gina.

Aber Gina glaubt nicht, dass wir ihr glauben. Und das ärgert sie.

Es gibt noch vier weitere Gänge. Jeder einzelne Bissen schmeichelt der Zunge, sogar beim Kanincheneintopf, der auf meiner Liste *»Was ich lieber nicht essen möchte«* gleich nach den Singvögelchen, Hammelhoden und Froschschenkeln kommt.

Zu jedem Gang gibt es eine Karaffe wunderbaren Weins.

Es könnte wie im Himmel sein, wenn Gina nicht ununterbrochen reden würde. Und zwar über *biella.*

»*Salsa biella,* das gibt es ja auch«, sagt sie. »Helle Soße. *Biella* heißt hell. Ich *wette* mit dir, dass ich recht habe, Vivi. Um tausend Euro.«

»Und wie viel muss man dir zahlen, damit du mal das Thema wechselst?«, fragt Vivi.

»Oh, ich verstehe«, sagt Gina. »Da fühlt sich wohl jemand auf den Schlips getreten, hm?« Sie lacht. »Was heißt Schlips auf Italienisch?«

Vivi kippt ihren guten Wein in einem Zug hinunter und schenkt sich noch ein Glas nach. »Ego non wissa«, sagt sie.

»Cravatta«, sagt Gina. »*Una cravatta biella* – ein heller Schlips. Wo sind hier die Toiletten?«

Die drei Minuten, die Gina auf dem Klo verbringt, sind die bisher schönsten des ganzen Abends. Auch wenn Vivi mit der Stirn auf den Tisch schlägt und die Leute wieder zu uns rübergucken.

»Schlimm genug, dass sie nie ihre Klappe hält«, sagt Vivi. »Aber wenn ich das Wort *biella* noch einmal hören muss, fange ich an, aus dem Mund zu schäumen.«

»Er hat sowieso *miele* gesagt«, sage ich.

»Das Gleiche gilt für das Wort *miele*«, sagt Vivi.

»Vielleicht ist es ja eine Krankheit«, sage ich. »So eine Art Zwangsneurose, die sie dazu bringt, immer und immer wieder *biella* zu sagen.«

»*Biella-Tourette,* sozusagen. Gibt es das?«

»Ich glaube eher nicht«, sage ich.

»Ich auch nicht«, sagt Vivi.

Eine Minute sitzen wir uns schweigend gegenüber, dann

kommt Gina zurück. Sie sagt, die Fliesen in der Toilette seien wunderschön. Sie machten den ganzen Raum *biella*. Der Schaum, der in Vivis Mundwinkel tritt, ist auch *biella*. Wir essen den Nachtisch – mit *biella* Karamellsoße – und schlendern durch das *biella* Mondlicht nach Hause.

Hier greift Gina als Erstes nach dem Wörterbuch. Sie wirft es Vivi in den Schoß. »Ich erwarte keine Entschuldigung, ich will nur, dass du siehst, dass ich recht habe.«

Vivi tupft sich resigniert den Schaum aus den Mundwinkeln und blättert im Wörterbuch. »*Biella,* sagst du?«

»Ja«, sagt Gina.

»Und das heißt hell?«

»Ja«, sagt Gina. »Hell oder auch weiß … – so was in der Art.«

»Hm«, sagt Vivi. »Ich habe *biella* gefunden.«

»Na, siehst du«, sagt Gina. »Wie gesagt, ich erwarte keine Entschuldigung.«

»Tja, vielleicht sollte sich doch jemand entschuldigen«, sagt Vivi. »*Biella* heißt nämlich – *Pleuelstange*!«

»Ha!«, entfährt es mir.

»Das kann nicht sein«, sagt Gina und reißt Vivi das Buch aus der Hand.

»Vielleicht ist Pleuelstange ja ein anderes Wort für hell«, sage ich.

Gina guckt fassungslos auf die Pleuelstange. Mit dem Finger geht sie die ganze Seite ab – aber *biella* ist und bleibt eine Pleuelstange.

»Und er hat sowieso miele gesagt«, ergänze ich noch.

»Möglicherweise war dieses sensationelle Gewürz an den Bohnen ja feingeriebene Pleuelstange«, sagt Vivi.

»Unsinn!« Gina klappt das Wörterbuch zu und haut sich mit der Hand gegen die Stirn. »Ich habe mich vertan!«

Vivi und ich sind ehrlich verblüfft. Das hätten wir jetzt nicht erwartet. Dass Gina zugeben kann, dass sie im Unrecht war, finde ich wieder sympathisch. Muss man ihr wirklich hoch anrechnen.

»Ich bin froh, dass wir jetzt mal über was anderes reden können«, sage ich.

»Oder auch mal gar nicht«, sagt Vivi und schließt erschöpft die Augen.

»Biella *heißt* hell«, sagt Gina.

Vivi reißt ihre Augen ungläubig wieder auf.

»*Biella* heißt hell«, wiederholt Gina. »Aber auf *Kroatisch.*«

Kapadokiophobie

oder die Angst nicht zu wissen, wohin man eigentlich fährt

Die Menschen beurteilen einen nicht nur nach seinem Schuhwerk, der Frisur, dem Auto oder der Farbe der Haustür, sondern – und da sollte man sich nichts vormachen – auch nach der Art und Weise, in der man seine Ferien zu verbringen pflegt.

Wenn man kein befremdetes Naserümpfen ernten will, sollte man sich in gewissen Kreisen mit Sätzen wie: »Wir fahren wieder mit Neckermann nach Cala Ratjada« oder »zu Hause ist es sowieso am schönsten« eher zurückhalten.

Besser ist es, man besteigt den Kilimandscharo und macht anschließend noch eine Woche Badeurlaub auf Sansibar. Wenn man sich traut.

Oder man macht es wie Insa.

»Achim und ich kommen gerade aus West-Transdanubien«, sagt Insa. »Eine ganz großartige, vielfältige Landschaft, wunderbare Menschen, beeindruckende Kultur.«

»Oh, das klingt ja toll«, sage ich. Ich könnte Insa jetzt fragen, wo West-Transdanubien liegt, möchte mir aber nur ungern eine Blöße geben. Also wende ich einen alten Trick an: »Wo *genau* wart ihr denn in West-Transdanubien?«

»Oh, wir haben jede Nacht in einem anderen Hotel oder einer Pension geschlafen, um auch wirklich jedes Eckchen des Landes zu erkunden.« Insa streicht sich mit der Hand eine Haarsträhne hinters Ohr. »Achim und ich mögen es gern authentisch, weißt du? Jetzt kennen wir es wie unsere Westentasche und haben sogar Freunde gewonnen, die uns im nächsten Frühjahr hier in Deutschland besuchen kommen. Wir bringen uns gegenseitig unsere Muttersprachen bei.«

Und was heißt *blöde Angeberin* auf Westtransdanubisch?, möchte ich gerne fragen, halte aber den Mund, weil ich mich schäme, dass wir es im Urlaub nie schaffen, Freundschaften zu schließen. Wenn man mal von Jana und Mark Niemeyer aus Wanne-Eickel absieht, mit denen wir in Edinburgh drei Stunden in einem Fahrstuhl festsaßen. Da Mark zwei Flaschen schottischen Whisky dabeihatte, die eigentlich als Mitbringsel für zu Hause gedacht waren, fiel uns das Freundschaftschließen ausnahmsweise mal leicht.

Insa schwärmt noch ein Weilchen von West-Transdanubien, ohne dass ich auch nur eine ungefähre Vorstellung davon bekomme, wo es liegen könnte. Dann fragt sie unvermittelt, ob ich schon mal in Kapadokien gewesen sei.

Ich fühle mich ein wenig in die Enge gedrängt. »Ich glaube nicht«, murmele ich.

Insa sagt, dass man aber mal in Kapadokien gewesen sein sollte. Und ob ich nicht Lust hätte, bei der Busreise, die sie im Spätsommer organisiere, mitzufahren.

»Nach Kapi… Kapa… Ko… – zien?«

»Genau«, sagt Insa. »Wir erkunden vierzehn Tage lang die Schönheit Kapadokiens und widmen uns ganz dem Kennenlernen von Land und Leuten. Na, was sagst du?«

Ich sage, dass es mir sehr leid täte, aber wir hätten den

ganzen Sommer urlaubstechnisch schon verplant. Falls sie fragen sollte, welche Pläne wir hegen, werde ich den Kilimandscharo und Sansibar ins Feld führen. Soll sie mir doch erst mal das Gegenteil nachweisen.

Aber Insa fragt gar nicht. Sie bedauert nur, dass ich nicht das Vergnügen haben werde, Kapadokien kennen zu lernen. Allein die wunderbaren Teppichmanufakturen, die ich verpassen würde. Zumal sie, Insa, dort einmalige Sonderrabatte für die Mitglieder der Reisegruppe ausgehandelt habe und nichts einen Haushalt mehr bereichern würde als ein handgeknüpfter Teppich aus Kapadokien.

Ich sage Insa, dass ich schon genug Probleme damit hätte, einen Platz für die hässlichen Perserteppiche meiner Schwiegereltern zu finden, und dass das Letzte, was ich wollte, ein weiterer Teppich sei, wo sie doch im Vorratskeller schon übereinanderliegen müssten. Da lacht Insa und sagt, dass man persische Teppichknüpfkunst keinesfalls mit kapadokischer Teppichknüpfkunst in einen Topf werfen dürfe, dazwischen lägen nun wahrlich Welten.

Zu Hause stürze ich mich sofort auf den Atlas, um meine Bildungslücken zu schließen. Seit wir Insa kennen, schauen wir viel öfter in unseren Atlas als früher. Kapadokien liegt in der Türkei, aha. Inwieweit sich dic kapadokischen Teppiche von den Perserteppichen meiner Schwiegereltern unterscheiden, steht dort natürlich nicht.

Auch West-Transdanubien kann ich nicht finden. Vermutlich, weil ich nicht annähernd weiß, wo ich suchen muss.

»Warum machen wir eigentlich nie Urlaub in West-Transdanubien?«, frage ich meinen Mann.

»Warum sollten wir?«, fragt mein Mann zurück. »Achim

musste da erst letzte Woche geschäftlich hin und fand es superöde.«

Achim ist Insas Mann.

Und würde man mich heute bei »Wer wird Millionär?«, nach West-Transdanubien fragen, könnte ich wie aus der Pistole geschossen antworten: »Das liegt in Ungarn, und das weiß ich deshalb, weil meine Freundin Insa dort eine ganze Woche verbringen musste. Ihr Mann ist dort als Auslandsbeauftragter der Industrie- und Handelskammer in Sachen Oststandorte für die deutsche Chemieindustrie von Gewerbegebiet zu Gewerbegebiet gefahren.«

Günter Jauch würde mich anlächeln und sagen: »Na, dann haben Sie Ihrer Freundin Insa sechzehntausend Euro zu verdanken.«

Schön wär's ja.

Nach gründlichem Studium des Atlasses habe ich beschlossen, den nächsten Urlaub in Süd-Levogonien zu verbringen, jedenfalls wenn Insa nach unseren Plänen fragen sollte. Wo *genau* in Süd-Levogonien weiß ich noch nicht.

Ferientaschengeld

oder das Geschäft mit der Angst, unterwegs zu altern

Meine Mutter hat von Natur aus wunderschöne, glänzende, schwarze Locken, die sie leider keinem von uns vererbt hat. Meine Schwester hat glattes, hellbraunes Haar, ich bin mittelblond wie mein Vater, das spektakuläre Weißblond-Gelockte meiner Kinderzeit hat sich leider nicht gehalten.

Obwohl sonst vom Charakter her eher uneitel, war meine Mutter auf ihre Haare sehr stolz. Umso härter traf es sie, als sie eines Tages im Auto im Kosmetikspiegel der Sonnenblende das erste weiße Haar entdeckte.

Sie schrie bei diesem Anblick so schrill auf, dass mein Vater dachte, er habe ein Eichhörnchen überfahren, und zu Tode erschrocken den Nächsten Parkplatz ansteuerte.

»Ich werde alt!«, rief meine Mutter, packte das weiße Haar zwischen Zeigefinger und Daumen und riss es samt der Wurzel aus. »Ich bin erst sechsunddreißig Jahre alt und werde schon weiß! Was kommt als nächstes? Ein Truthahnhals?«

Mein Vater schnaubte und gab wieder Gas. »Ich hatte mit sechsundzwanzig schon eine Glatze«, sagte er. »Du beschwerst dich beim Falschen.«

Wir waren auf dem Weg an den Gardasee, und die Landschaft links und rechts des Weges wurde immer interessanter, je weiter südlich wir kamen. Bis zur Entdeckung des weißen Haares hatte meine Mutter uns gut gelaunt auf jedes Fohlen, jeden Raubvogel, jede Burgruine und jeden alten Baum draußen hingewiesen. Aber nun hatte sie keinen Blick mehr für die Schönheiten der Landschaft. Sie verrenkte sich, um ihren Hinterkopf im Spiegel betrachten zu können.

»Sind da noch mehr weiße Haare, Kinder?«, fragte sie meine Schwester und mich mit unverkennbarer Hysterie in der Stimme.

Wir beugten uns über sie und durchsuchten ihren Kopf Strähne für Strähne. Tatsächlich fanden wir noch ein weißes Haar. Es unterschied sich von den anderen nicht nur durch die Farbe, sondern auch durch die Konsistenz: Es war dick und borstig und stand ab wie ein Draht.

Auch dieses Haar wurde gnadenlos ausgerupft, und meine Mutter stöhnte dumpf, als sie es betrachtete.

»Der Anfang vom Ende«, murmelte sie und wollte das Haar aus dem Fenster werfen.

»Nicht!«, sagte mein Vater. »Das können wir vielleicht noch brauchen. Vielleicht als Dietrich oder als Blumendraht oder als Abschleppseil oder einfach, um jemandem das Auge auszustechen.«

»Darüber macht man keine Witze«, jammerte meine Mutter. »Ich bin eine alte Schachtel.« Weil sie aber nicht der Mensch war, der sich wehrlos in sein Schicksal zu fügen pflegte, ergriff sie sofort Gegenmaßnahmen.

»Ich gebe euch für jedes weiße Haar, das ihr mir ausrupft, eine Mark«, sagte sie.

Das war in der Tat ein Ansporn. Wir schrieben das Jahr

1972, und für eine Mark konnte man sich damals noch eine Menge kaufen. Meine Schwester und ich wühlten uns deshalb eifrig durch die schwarze Lockenpracht. Aber zu unserem großen Kummer fanden wir kein einziges weißes Haar mehr.

Meine Mutter war erleichtert. Sie schüttelte die Frisur wieder in Form und lehnte sich zurück, überzeugt, dem Alter noch einmal von der Schippe gesprungen zu sein.

Meine Schwester und ich ärgerten uns über den Verdienst, der uns durch die Lappen gegangen war.

Ich verstand allerdings nicht, warum meine Mutter sich darüber so aufregte. Was war an weißen Haaren denn so schlimm? Ich hatte schließlich auch welche.

»Wenn ich mal weiße Haare kriege«, sagte ich zu meiner Schwester, »dann kann man sie von meinen anderen Haaren ja gar nicht unterscheiden.«

Das brachte meine Schwester auf eine wirklich tückische Idee.

»Ja, *allerdings*!«, sagte sie und nahm eine meiner Haarsträhnen prüfend in die Hand.

»Oh nein!«, sagte ich.

»Oh doch!«, sagte meine Schwester. »Man muss auch Opfer bringen können.« Sie brauchte ein bisschen Überredungskunst, um mich von ihrem teuflischen Plan zu überzeugen, aber wenn meine Schwester etwas beherrschte, dann war es die Kunst der Überredung. Und wie gesagt, für eine Mark konnte man sich damals eine Menge kaufen.

Wir warteten fünfzig Kilometer, in denen meine Mutter sich in Sicherheit wiegen sollte, dann sagte meine Schwester unvermittelt: »Du, Mama, ich glaube, da ist doch noch ein weißes Haar!«

Sofort fuhr meine Mutter hoch. »Wo? Wie? So schnell? Mach es weg! Mach es weg!«

Meine Schwester packte eins von Mamas schwarzen, glänzenden Haaren und rupfte es samt Wurzel aus. Dann hielt sie meiner Mutter das schneeweiße Kinderhaar hin, das sie zuvor mir ausgerupft hatte, ebenfalls mit Wurzel.

»Aaaaaaarrgh«, röchelte meine Mutter bei seinem Anblick. »Ich kann es nicht glauben. Es geht stündlich mit mir bergab.«

»Wenigstens ist es nicht so borstig wie das andere«, meinte mein Vater und drehte sich zu uns um. Wir versuchten, so unschuldig wie möglich auszusehen.

»Das macht dann eine Mark, bitte«, sagte meine Schwester.

Meine Mutter holte ihr Portemonnaie aus der Handtasche. »Das ist es mir wert. Jedes weiße Haar, das ihr findet, ist mir eine Mark wert.«

»Ich glaube, ich sehe noch eins«, sagte ich, als mein Vater sich wieder auf die Straße konzentrieren musste.

»Mach es weg«, kreischte meine Mutter.

Das ließ ich mir doch nicht zweimal sagen. Vor lauter Eifer riss ich gleich zwei schwarze Haare aus. Dafür bekam meine Mutter aber dann auch zwei von meinen unter die Nase gehalten.

»So viele!«, sagte sie matt und kramte in ihrem Portemonnaie. »Kannst du wechseln?«

Meine Schwester hatte mir hoch und heilig geschworen, dass die Haare wieder nachwachsen würden, sowohl bei mir als auch bei meiner Mutter. Ich bin mir bis heute nicht sicher, ob das stimmt, aber in diesem Moment war es mir wohl auch egal.

Bis zum Gardasee hatten meine Schwester und ich jeder fünf Mark verdient, und das, obwohl meine Mutter nach dem sechsten Haar mit dem Preis heruntergegangen war und nur noch fünfzig Pfennig pro Fund zahlte. Wenn mein Vater uns nicht auf die Schliche gekommen wäre, würden wir wohl heute noch eine sichere Einkommensquelle vorweisen können.

So leicht verdiente ich mein Geld jedenfalls nie wieder.

Warum in die Ferne schweifen?

oder die Angst, sich zu weit von zu Hause zu entfernen

Meine Großmutter väterlicherseits hatte eine Aschenbechersammlung, die ich als Kind immer sehr bewundert habe. Zumal meine Oma Nichtraucherin war und die Aschenbecher auf der Fensterbank der reinen Zierde dienten. Die guten Stücke pflegte meine Oma von ihren Reisen mitzubringen. Es waren über hundert Stück.

Ehrfurchtsvoll entzifferte ich: »Waldbronn, Bad Schussenried, Manderscheid«, und meine Oma sagte: »Ja, da sind wir *überall* schon gewesen.«

Ich strich über die auf Porzellan gemalte Ansicht von Bad Reichenhall und dachte, wenn ich groß bin, fahre ich da auch mal hin.

Als ich etwas älter war, rümpfte ich über die Aschenbecher nur noch die Nase. Und nach Bad Reichenhall? Nur über meine Leiche.

Erst vor ein paar Jahren, als ich eine Lesung in Bad Reichenhall hatte, musste ich mein Urteil revidieren. Bad Reichenhall ist toll. Und nicht nur Bad Reichenhall. Überall in Deutschland gibt es wundervolle Städte, Dörfer und Landschaften, Millionen von Japanern würden das bestätigen. Wir wären doch schön doof, wenn wir das, was die Unesco zum Welterbe erklärt hat, einfach links liegen ließen.

Urlaub in Deutschland ist inzwischen wieder absolut salonfähig. Selbst Insa organisiert ab und an eine Busreise nach Idar-Oberstein. Für diesen Herbst sind noch Plätze frei.

Gerade für diejenigen von uns, die unter diversen Phobien leiden, bringt ein Urlaub in Deutschland nur Vorteile mit sich, über die es sich mal nachzudenken lohnt.

Erstens: Überall gibt es Aldi. Man braucht keine Angst zu haben, die Sonderangebote zu verpassen und sich nur wegen des Urlaubs den Testsieger aller Tischstaubsauger durch die Lappen gehen zu lassen.

Zweitens: Die Einheimischen sprechen unsere Sprache. Ja, auch in Sachsen und Bayern, man muss nur ein bisschen genauer hinhören.

Drittens: Die Stecker von Föhn und Rasierer passen problemlos in die Steckdosen.

Viertens: Kontakte zu Ausländern können Sie auch wunderbar im Schwarzwald, dem Sauerland und Heidelberg knüpfen. Ildiko, meine japanische Brieffreundin, lernte ich im vergangenen Jahr auf dem Drachenfels kennen.

Fünftens: Man spart sich lange Anfahrtszeiten, im Fall vorübergehender finanzieller Einschränkungen sogar die Übernachtungskosten. Wie? Indem man einfach jeden Abend wieder nach Hause fährt.

Und dann ist da natürlich noch der ökologisch-politisch-pädagogische Effekt von Reisen innerhalb Deutschlands, ein Phänomen, das man sich aber am besten von meinem Freund Chris erklären lassen sollte.

Der ökologisch-politisch-pädagogische Effekt von Reisen innerhalb Deutschlands

oder die Angst, die eigenen vier Wände zum Urlaubsdomizil anderer deklarieren zu müssen

Als mein alter Freund Chris im Januar anruft und fragt, ob ich am dritten Wochenende im Juni schon etwas vorhätte, schaue ich auf den Kalender und sage: »Nein.«

Das ist vielleicht ein wenig voreilig.

»Hanna, das Baby und ich machen dieses Jahr nämlich ein Experiment«, sagt Chris. »Wir machen Urlaub in Deutschland, und zwar ohne die Haushaltskasse zu belasten. Wir haben nämlich festgestellt, dass wir viele Freunde und Verwandte haben, die an sehr hübschen Fleckchen in diesem Land wohnen.«

»Ich verstehe«, sage ich und zitiere: »Die Welt zu Gast bei Freunden. Seid ihr denn in finanziellen Schwierigkeiten?«

»Aber nein«, sagt Chris. »Im Gegenteil. Mein Europa-Patent auf kohlefreie Filteranlagen von Klärteichen hat mir und meinem Partner im letzten Jahr Millionenumsätze eingebracht. Aber das ist doch kein Grund, das Geld jetzt für teure Interkontinentalflüge und Fünfsternehotels rauszupulvern. Weißt du eigentlich, wie viel Kerosin so ein Flugzeug …?«

»Ja«, sage ich, denn Chris hat mir das schon oft erklärt. Ihm verdanke ich auch meine Kenntnisse über Tenside in Waschmitteln, Pestizide in Gemüse und Feinstaubausstoß von Fahrzeugen. Chris und ich kennen uns von früher, aus meiner kurzen Zeit als Baumbesetzer. Wenn man einen ganzen Tag auf zwei benachbarten Bäumen hockt, während sich unten Stadträte, Baumfällkommandos, Journalisten und Umweltaktivisten heftige Wortgefechte liefern, kommt man sich automatisch näher. Wenn auch nicht körperlich. Ich erfuhr damals viel über Chris und seine Pläne, aus alten Konservendosen Windräder zu bauen, Indien mit einem Fahrrad zu erkunden und in einer Höhle mit Grasdach zu leben. Ich fand Chris' Träume wunderschön und beneidete ihn um seine Ideale, vielleicht hätte ich mich sogar in ihn verliebt, wenn er nicht immer diesen seltsamen braunen Wollpullover angehabt hätte, der selbst mit einer Baumlänge Abstand noch Schafspipigeruch verströmte.

»Im Juni kommt uns ein alter Freund von mir besuchen«, sage ich zu Frank. »Du wirst ihn mögen: Er hat ein Patent für Windräder aus alten Konservendosen und kennt sich mit solarbetriebenen Fahrzeugen bestens aus.«

»Na toll«, sagt Frank, weniger begeistert, als ich gedacht hätte. »So eine Biogurke aus deiner Ökozeit.«

»Ich bin immer noch ein Öko«, sage ich.

Frank lacht. »Du meinst, weil du keinen Weichspüler benutzt und Paprika von Füllhorn einkaufst?«

»Zum Beispiel«, sage ich, und bevor Frank mich nach weiteren Beispielen fragen kann, setze ich schnell hinzu: »Ich bin gespannt, wie seine Frau so ist. Weißt du, ich war nämlich auch mal *beinahe* in ihn verliebt.«

»Aha«, sagt Frank und kneift seine Augen zusammen. »Da bin ich ja dann auch mal gespannt.«

Der Juni kommt schneller als gedacht. Einen Tag vor

Chris' Ankunft mache ich, was ich immer tue, wenn Besuch kommt: Ich putze das Haus, kaufe Unmengen von Lebensmitteln ein und überziehe das Gästebett frisch. Es ist mir sehr wichtig, dass sich Chris und Hanna bei uns wohlfühlen. Ich habe gern Übernachtungsgäste, und ich bilde mir sehr viel auf meine Gastgeberqualitäten ein. Für das Baby hole ich das alte Reisebettchen und die Wickelauflage unseres Sohnes vom Dachboden und setze einen Teddy auf das Kopfkissen. Einen Strauß Rosen aus dem Garten arrangiere ich auf dem Nachttisch. Zum Schluss sprenkele ich noch ein paar Tropfen ätherisches Orangenöl in die Ecken. Das wirkt entspannend und anregend zugleich.

Dann muss ich auch schon los, um Chris und seine Familie in Köln am Bahnhof abzuholen.

»Wieso fahren sie eigentlich nicht mit ihrem Auto?«, fragt Frank.

»Sie haben keins«, sage ich. »Sie wollen auf keinen Fall die Umwelt belasten.«

»Aber sie belasten die Umwelt doch genauso, wenn *du* ihretwegen mit dem Auto fahren musst«, sagt Frank.

»Das ist nicht dasselbe«, sage ich.

»Das stimmt«, sagt Frank. »Denn in diesem Fall zahlst du das Benzin.«

»Ich muss los«, sage ich. »Und sei bitte *nett,* wenn ich gleich zurückkomme.«

»Ich bin doch immer nett«, sagt Frank.

Ich erkenne Chris sofort an dem braunen Schafswollpullover und den langen Haaren, die in Dreadlocks auf seine Schultern fallen, genau wie damals.

»Du hast dich kein bisschen verändert«, sagt er, als er

mich umarmt, und unterschlägt charmant die fünfzehn Kilo, die ich seit unserem letzten Treffen zugenommen habe.

»Du auch nicht«, sage ich, meine aber vor allem den Pullover. Das kann doch unmöglich noch derselbe sein wie vor vierzehn Jahren?

Chris' Frau Hanna ist eine ernst dreinschauende Person mit Dreadlocks, und sie hat haargenau den gleichen Pullover an. Das Baby auch. Offenbar liegt Chris' Partnerwahl die Devise »Gleich und gleich gesellt sich gern« zu Grunde, und nicht: »Gegensätze ziehen sich an«, wie bei Frank und mir.

»Ist das nicht ein bisschen warm im Wollpullover?«, frage ich, als wir das Gepäck im Kofferraum meines Opel Agila verstaut haben.

»Nein«, sagt Hanna. »Naturbelassene Schafswolle ist atmungsaktiv, bei Kälte wärmend, bei Wärme hitzeausgleichend!« Sie steigt mit dem Baby hinten ein. »Ach du liebe Güte, es ist ewig her, dass ich in so einer Dreckschleuder gesessen bin.«

»Sie hat einen Katalysator«, sage ich, und da lachen Chris und Hanna, weil ich glaube, dass mein Auto keine Dreckschleuder sei, nur weil es einen Katalysator hat.

Als ich den Rückwärtsgang einlege und losfahre, steigt mir der vertraute Geruch von Schafspipi in die Nase.

»Wie viel PS hat denn so ein Ding?«, fragt Chris. »Und wie viel Sprit verbraucht es?«

»Nicht viel mehr als ein Pferd«, sage ich. Ich hätte besser auch ein bisschen ätherisches Orangenöl im Auto versprüht, dann wäre ich vielleicht ein bisschen entspannter.

»Dass man sich freiwillig so eine widerliche Dreckschleuder antut«, sagt Hanna. »Auf deinem Grabstein wird stehen: Sie trug eine Mitschuld an der Klimakatastrophe.«

Ich sage, dass ich auf die Dreck…, äh, das Auto nicht verzichten könne, da es bei uns weder öffentliche Verkehrsmittel noch Geschäfte gebe. Chris und Hanna sagen, das seien die typischen Ausreden von Umweltverschmutzern. Konsequenter Umweltschutz bedinge eben immer auch kleinere Opfer in Bezug auf den persönlichen Komfort.

Da haben sie natürlich recht.

»Was ist denn mit dem guten alten Fahrrad?«, fragt Chris.

Ich sage, für das gute alte Fahrrad benötigte ich bei Steigungen von fünfzehn Prozent deutlich mehr Kondition, als mir zur Verfügung stünde, und überdies gebe es hier keine Radwege, dafür überdurchschnittlich starken LKW-Verkehr. Ich füge noch hinzu, dass ich es mir schwierig vorstelle, auf dem guten alten Fahrrad zusammen mit einem Kind, einem Kasten Wasser und einem Einkaufskorb überhaupt noch die Balance zu halten, aber das geht bereits in Chris' und Hannas Hohngelächter unter.

»Wo ein Wille ist, ist auch ein Weg«, sagt Chris. »Alles Ausreden.«

»Und Sprudelwasserkästen braucht heutzutage kein Mensch mehr«, sagt Hanna, während sie auf dem Rücksitz den Schafswollpullover hochklappt und das Baby zum Trinken an ihre Brust legt. »Mit einem vernünftigen Filtersystem kann jeder sein Leitungswasser von Chemikalien befreien und energetisieren. Ein Freund von uns hat da ein Patent drauf angemeldet.«

Ich versuche, das Thema zu wechseln, indem ich sie nach ihren weiteren Reiseplänen frage.

»Wir bleiben ein paar Tage hier im Bergischen«, sagt Chris. »Wir wollen uns einen Steinbruch anschauen, die Wuppertaler Schwebebahn, diverse Schlösser, Burgen und Kirchen. Ich hoffe, du hast ein wenig Zeit, uns zu chauffieren. Mit öffentlichen Verkehrsmitteln ist es ja hier nicht so gut bestellt. Ich kann nicht verstehen, dass ihr dagegen noch keine Bürgerinitiative gegründet habt.«

»Ich leihe euch auch gern das gute alte Fahrrad«, könnte ich sagen, aber das wäre eine billige Retourkutsche.

»Montag fahren wir weiter zu Hannas Onkel ins Sauerland, von dort zu einem Studienfreund von mir in der Holsteinischen Schweiz, dann zu einer Bekannten von Hanna nach Hamburg und von dort wieder nach Hause, mit einem Zwischenstop in Freiburg, wo wir bei meinen Eltern übernachten werden. Das Einzige, das wir bezahlen, sind die Bahntickets, aber mit Bahncard und Sparpreis hält sich das wirklich in Grenzen.«

»Ein interessantes Experiment«, sage ich.

»Es müssen nicht immer die Malediven sein, weißt du«, sagt Hanna, und Verachtung schwingt in ihrer Stimme mit. Ich kann mir nicht helfen, aber es schmeichelt mir, dass Hanna denkt, dass wir auf die Malediven zu reisen pflegen. Deshalb korrigiere ich sie nicht.

Als wir zu Hause in der Einfahrt parken, schauen Hanna und Chris perplex Franks Kombi an, der dort ebenfalls parkt.

»Habt ihr noch mehr Besuch?«, fragt Chris.

»Nein, das ist das Auto von meinem Mann«, sage ich.

»Wie bitte?«, ruft Hanna, und das Baby hört vor Schreck auf zu trinken. »Ihr habt zwei Autos? Für einen Dreipersonenhaushalt?«

»Ja«, sage ich. »Weil Frank jeden Morgen fünfunddreißig Kilometer mit dem Auto zur Arbeit fahren muss, und ich …« Ich verstumme. Eigentlich könnte Frank die fünfunddreißig Kilometer ja mit dem Fahrrad fahren. Er hat eine deutlich bessere Kondition als ich.

»Mein Gott«, sagt Chris erschüttert.

Frank kommt aus dem Haus und hilft uns mit dem Gepäck. »Hattet ihr eine gute Fahrt?«, erkundigt er sich höflich.

»Ja«, sagt Chris.

»Wir hatten nur kein gutes Gefühl dabei«, sagt Hanna.

»Ja, das kenne ich«, sagt Frank und sieht mich liebevoll an. »Sie schaltet immer ein wenig ruckartig, besonders am Berg.«

»Ich meinte mehr in ökologisch-ideologischer Hinsicht«, sagt Hanna und wuchtet sich das Baby auf die Hüfte.

Frank runzelt die Stirn und sieht mich fragend an. Ich zucke mit den Schultern.

»Das ist also euer trautes Heim«, sagt Chris.

»Ja«, sage ich und verkneife mir nur mit Mühe ein: »Hübsch, nicht?«. Wir sind nämlich so unheimlich stolz auf unser Haus, dass wir ihm sogar einen Namen gegeben haben. Es heißt Lotte.

Chris schüttelt aber nur den Kopf über Lotte. »Tonziegel, keine Solarzellen … - Jetzt sagt nur noch, es ist mit Glaswolle gedämmt!«

»Ich brauche eine Dusche«, sagt Hanna.

»Ja, den Eindruck habe ich auch«, sagt Frank. Ich stoße ihn die Rippen, aber weder Chris noch Hanna haben ihn gehört. Sie haben nämlich gerade die beschnittenen Buchsbaumkugeln entdeckt und sind entsetzt.

»Was für eine Vergewaltigung natürlicher Wuchsfreudigkeit«, sagt Hanna.

»Wer von den beiden ist denn der Mann, in den du beinahe mal verliebt warst?«, fragt Frank leise, als wir unseren Besuch ins Haus hineinlotsen.

»Haha, sehr witzig«, sage ich.

»Ich meine es ernst«, sagt Frank. »Sie sehen absolut identisch aus, riechen wie ein Schafsbock, und keiner von beiden hat einen Busen. Außerdem finde ich sie reichlich unhöflich.«

»Aber *wir* sind gute Gastgeber«, sage ich.

»Selbstredend«, sagt Frank.

Während Hanna duscht, ich das Baby herumtrage und Frank den Salat zubereitet, den er zuvor im Garten gepflückt hat, äußert Chris sein Entsetzen darüber, dass Lottes Wände offensichtlich nicht mit atmungsaktivem Quark-Putz gestrichen sind. Und dass der Kachelofen mit Holz beheizt wird. Und dass unser Sohn Plastikspielzeug besitzt.

»Tss, tss, Kerstin«, sagt Chris und hält angewidert ein Playmobilfeuerwehrmännlein in die Höhe. »Das hätte ich von dir niemals gedacht.«

Ich schäme mich ganz fürchterlich. »Das sind alles Geschenke von meinen Schwiegereltern«, stottere ich.

Frank zieht amüsiert die Augenbrauen hoch, während er die Garnelen fürs Abendessen unter fließendem Wasser abspült.

»Ich hoffe doch sehr, dass dieses sinnlos vergeudete Wasser *irgendwo* aufgefangen wird«, sagt Chris.

»Natürlich!« Ich gucke Frank böse an. *Wie oft* habe ich

ihm schon gesagt, dass er das Wasser nicht so sinnlos vergeuden und einfach in den Abfluss spülen soll!

»Erzähl uns doch mal was von *deinem* Haus«, sagt Frank zu Chris.

Das tut Chris gern. Wir erfahren, dass er und Hanna in einem igluförmigen Rundbau leben, der komplett mit Gras bewachsen ist und allein mit Solarenergie versorgt wird.

»Wie du es dir früher immer erträumt hast?«, frage ich.

»Wie bei den Teletubbies?«, fragt Frank.

Chris kennt die Teletubbies nicht, weil er und Hanna keinen Fernseher besitzen. Er sagt, dass es sieben Jahre gedauert hat, die Genehmigung für den Teletubbiebau (für den Chris, nebenbei bemerkt, ein Patent angemeldet hat) zu erhalten und überdies drei Prozesse vor dem Verwaltungsgericht.

»Aber es hat sich gelohnt«, sagt er. »Wir können jeden Abend mit einem guten Gewissen einschlafen, weil wir mit unserem Wohnstil Mutter Erde nicht belasten, eher im Gegenteil.« Dann muss er mal auf die Toilette, und Frank nutzt die Gelegenheit, mir mitzuteilen, dass er Chris und Hanna für total bekloppt hält.

Ich widerspreche ihm nur schwach. Ich fürchte, die nächsten drei Tage werden sich sehr in die Länge ziehen.

Als Chris zurückkommt, ist er bleich vor Entsetzen, weil er – ganz richtig – vermutet, dass unsere Fäkalien in den Kanal gespült werden.

»Was für eine Verschwendung von Biomasse«, sagt er.

Frank lässt ein merkwürdiges Glucksen hören. »Aber nein!«, sagt er. »Wo denkst du denn hin, Chris? Natürlich fischen wir die Häufchen heraus und düngen damit unser

Hochbeet.« Er hält Chris ein paar Salatblätter unter die Nase. »Meinst du, die werden von Mutter Erde allein so grün und knackig?« Wieder gluckst er so komisch. Offenbar amüsiert er sich.

Aber da ist er hier der Einzige.

Hanna kommt in meinem Bademantel die Treppe hinunter und nimmt mir das Baby ab. »Es ist furchtbar«, sagt sie zu Chris. »Unser Bett steht direkt neben dem Computer. Und sie haben *wireless LAN.*«

»Oh nein!«, sagt Chris. Zu uns sagt er: »Hanna ist sehr empfindlich gegen Elektrosmog. Aber es wird schon gehen. Wir müssen heute Nacht nur den Hauptsicherungsschalter umlegen und gut lüften.«

»Wie bitte?«, sagt Frank.

»Wenn die Hauptsicherung ausgeschaltet ist, ist das ganze Haus stromfrei und somit auch smogfrei«, erklärt Chris.

»Und wie sollen dann Kühlschrank und Tiefkühltruhe funktionieren?«, fragt Frank.

»Gar nicht«, sagt Hanna. »Das sind sowieso schlimme FCKW-Sünder! Ich muss mich echt wundern, dass ihr noch keine chronischen Krankheiten in diesem schrecklichen Haus bekommen habt.«

»Das sind auch keine Kaseinfarben«, sagt Chris und zeigt auf unsere pinkfarbene Küchenwand.

»Habe ich mir gedacht«, sagt Hanna. »Die Betten sind mit Microfaser überzogen, und sie benutzen *Elmex*!«

»Wollt ihr mal einen Kleiderbügel sehen, in den eine Spinne gebissen hat?«, frage ich leise. Ein armseliger Ablenkungsversuch, der ungehört verklingt.

»Sie essen Pacific-Garnelen«, sagt Chris. »Ihre Fenster sind *lackiert*! Und das Allerschlimmste: Sie haben einen WC-Frischestein.«

»Der ist b-b-biologisch abbaubar«, stammele ich.

»Du hättest dich vorher besser erkundigen sollen«, sagt Hanna zu Chris. »Jetzt sitzen wir hier im Schlamassel.«

»Ich dachte eben, das sei alles selbstverständlich«, sagt Chris und sieht mich bekümmert an.

Das Baby fängt an zu heulen. Ich würde am liebsten auch heulen. Noch nie haben sich Gäste bei uns nicht wohl gefühlt.

»Der Wein ist aber aus ökologisch-kontrolliertem Anbau«, sagt Frank, hält die Flasche hoch und gluckst dabei wieder so komisch. »Wie wäre es denn mit einem Gläschen zur Entspannung?«

»Dank Leuten wie euch wird gutes Trinkwasser bald teurer sein als jeder Wein«, sagt Chris. »Außerdem trinken wir keinen Alkohol.«

Jetzt kann ich meine Tränen kaum mehr zurückhalten. Wenn ich meine Gäste nicht mal betrunken machen kann, sehe ich keine Chance, den Abend noch zu retten.

Hanna greift sich an die Schläfen. »Es fängt schon an«, sagt sie.

Oh, mein Gott. Sicher steht sie genau im Strahlungskreuz von Kühlschrank, Radio und Springbrunnenpumpe und erleidet gleich einen Überladungsschock.

Frank greift zum Telefonhörer.

»Wen rufst du an?«, frage ich schniefend. Notarzt oder Elektriker?

»Ich rufe ein Taxi, das unseren Besuch zurück zum Bahnhof bringt«, sagt mein Mann. »Wir wollen doch nicht, dass sie hier krank werden.«

»Aber unser Zug fährt erst übermorgen«, sagt Chris.

»Und ich bin schon im Bademantel«, sagt Hanna. Gut, dass sie nicht weiß, dass der Bademantel zu fünfundzwanzig Prozent aus Polyester ist.

»Der Sparpreis gilt auch nur für den Zug um zehn Uhr dreißig«, sagt Chris. »Wenn wir einen anderen nehmen, müssen wir mindestens fünfzig Euro draufzahlen!«

»Das sollte euch eure Gesundheit aber wert sein«, sagt Frank. »Ja, hallo, ich hätte gern ein Taxi in die Eulenstraße. Wenn es geht, eins von Ihren rapsölbetriebenen Fahrzeugen.«

Mir steht vor Staunen der Mund auf, aber da bin ich nicht die Einzige.

»Das ist doch wohl jetzt nicht dein Ernst«, sagt Chris. »Weißt du, wie viel so ein Taxi kostet? Und überhaupt – für die zwei Nächte wird es schon gehen.«

»Ja, immerhin habt ihr ja keine *Mikrowelle*«, sagt Hanna.

Frank tut so, als hätte er sie nicht gehört. »Dreißig Euro müsst ihr wohl hinblättern bis zum Hauptbahnhof«, sagt er und nennt dem Taxiunternehmen die Adresse. »Aber dafür könnt ihr ein wirklich gutes Gefühl genießen. Diese Autos sind absolut emissionsfrei.«

»Aber …«, sagt Chris.

»Kein Aber«, sagt Frank. »Das Rapsöl stammt aus ökologisch-dynamischem Anbau, und die Taxifahrer sind allesamt Vegetarier. Stimmt's nicht, Kerstin?«

Ich muss tief Luft holen. »Doch«, sage ich dann. »Das ist wahr.«

Zwanzig Minuten später steigen Chris, Hanna und das Baby draußen vor dem Haus ins Rapsöl-Taxi und fahren davon. Ich nehme nicht an, dass wir uns noch einmal wiedersehen werden. Zum ersten Mal im Leben habe ich als Gastgeber völlig versagt. Trotzdem fällt eine Riesenlast von mir ab.

Frank gießt uns zwei Gläser von dem ökologischen Rotwein ein.

»Was meinst du«, sagt er und grinst mich an. »Züchten sie sich ihre Haare als Biodämmmasse für Niedrigenergiehäuser?«

»Gut möglich«, sage ich und putze mir die Nase. »Sicher haben sie schon ein Patent darauf angemeldet.«

Frau-Schachtmann-Phobie

oder die Angst, im Urlaub Bekannten über den Weg zu laufen

Meine Schwägerin hat ihren alten Schulfreund nach zwanzig Jahren wiedergetroffen, und zwar auf einem Campingplatz in der Nähe von Brisbane in Australien. Und als wir vor drei Jahren in Vancouver in einem vietnamesischen Restaurant saßen, setzte sich Franks alter Volleyballtrainer an den Nachbartisch.

»Wie ist die Welt doch klein«, hat mein Vater schon immer gesagt, und das ist mir, ganz ehrlich, richtig unheimlich.

Manchmal mag es ja lustig sein, dass einem ausgerechnet im Urlaub jemand über den Weg läuft, den man schon Jahre nicht mehr gesehen hat, aber manchmal ist es auch echt lästig. Oder peinlich. Oder mysteriös. Oder, wie im Falle von Frau Schachtmann, alles auf einmal. Mysteriös war, dass ich Frau Schachtmann, die mit meiner Mutter Tennis spielte und eine Tochter, Silke, in meinem Alter hatte, nicht nur einmal im Urlaub getroffen habe, sondern mittlerweile sogar sechsmal.

Ich traf sie gleich nach dem Abitur in Arosa im Sessellift, wo sie mir erzählte, dass Silke in Florenz Architektur studierte und mich fragte, ob ich zugenommen hätte. Ich traf sie in einem Eiscafé am Lago Maggiore, wo sie mir erzählte, dass Silke mit einem Architekten verlobt sei und mich fragte, ob ich zugenommen hätte. Ich traf sie in einer Boutique in Positano, wo sie mir erzählte, dass Silke mit dem Architekten eine Eigentumswohnung gekauft hatte und mich fragte, ob ich zugenommen hatte.

Allmählich hatte ich es satt, Frau Schachtmann zu treffen. Ich gewöhnte mir an, im Urlaub Kopftücher und Sonnenbrillen zu tragen. Auch als ich mit Bono, meinem Exfreund, in Paris unterwegs war.

Wir machten, was ich am liebsten mache, wenn ich in Paris bin: durch die Gegend laufen. Wir schlenderten durch das Marais, fotografierten Gaukler im Jardin du Luxembourg und marschierten die Rue Mufftard auf und ab, bis ich mich entschieden hatte, welche Art von belegtem Baguette ich denn nun nehmen wollte. Am dritten Tag vertraute Bono mir an, dass er von meinem Programm ein wenig enttäuscht sei. Er sagte, er habe sich doch mehr typisch pariserische Sehenswürdigkeiten erhofft.

»Jetzt sag bloß, du willst auf den Eiffelturm«, sagte ich verächtlich.

»Ja«, sagte Bono. »Und dann will ich unbedingt noch die Bastille sehen.«

Da ich unter Höhenangst leide, musste Bono allein auf den Eiffelturm, aber zur Bastille fuhr ich anschließend mit. Sie hatte eine eigene U-Bahn-Station, aber als wir dort ausstiegen und uns umsahen, konnten wir leider weit und breit keine beeindruckende Festung sehen, nur eine weit weniger beeindruckende Siegessäule.

»Aber sie muss doch hier irgendwo sein«, sagte Bono. »Ich rieche förmlich das Blut, das für die Revolution vergossen wurde … Komm, wir fragen mal jemanden.«

Und Bono wandte sich an den ersten Passanten, den er finden konnte. Dieser Passant war – Frau Schachtmann.

»Nein so was!«, rief sie, als sie mich trotz Sonnenbrille erkannt hatte. »Was machst du denn hier?«

»Wir suchen die Bastille«, erklärte Bono.

»Die Bastille?«, rief Frau Schachtmann. »Hier ist die Place du Bastille.«

»Ja, aber wo ist die Bastille? Das berühmte Staatsgefängnis«, fragte Bono.

Frau Schachtmann fing an zu lachen. Die Bastille, sagte sie, sei 1789 vollständig abgetragen worden. Es gäbe nur diese Siegessäule, die noch an die Festung erinnerte.

Ich sah Bono böse an. Warum hatte er das nicht gewusst? Und warum hatte er von allen Menschen in Paris ausgerechnet diesen einen ansprechen müssen?

»Das ist aber wirklich zu komisch, das muss ich meiner Silke erzählen«, sagte Frau Schachtmann. »Sie wird im Juni übrigens ihren Architekten heiraten. Ganz in Weiß. Hast du eigentlich zugenommen?«

Nach Paris habe ich mit Bono Schluss gemacht, wir waren einfach zu unterschiedlich. Ich habe ihn aber vor fünf Jahren noch einmal wiedergetroffen: in Alexandria, wo er gerade verzweifelt nach der berühmten Bibliothek Ausschau hielt.

Auch Frau Schachtmann habe ich noch zweimal getroffen, einmal in einem Supermarkt in Olbia auf Sardinien und das andere Mal auf der Aussichtsterrasse der Lutzner-Hütte im Kleinwalsertal. Aber da ich beide Male eine Liza-Minelli-Perücke sowie eine Augenklappe trug, erkannte sie mich nicht.

Erst die Fremde lehrt uns, was wir an der Heimat haben

(Theodor Fontane)

Viva España

Früher waren die Autos innen viel größer.
Früher waren die Sommer noch Sommer.
Früher war überhaupt alles besser.

Lerne beizeiten, in einen Eimer zu pinkeln.

Piz Puin, Sonnenschutzfaktor 4

Olé

Liebe Oma! Hier ist es so heiß,
daß der Sand die Hornhaut von
den Füßen schmilzt, wenn man drüber
läuft. Sogar die von Papa. Er läuft
immer ganz schnell. Wir kriegen jeden
Tag Orangscheneis, weil es so billig ist.
Wir wohnen im siebten Stock von eim
Hochhaus. Kerstin hat meinen neuen
Ball vom Balkon in einen Kaktus
geworfen. Jetzt ist er kaputt und der
Kaktus auch. Gestern ist ein toter Wal an
den Strand gespült worden, der stinkt.
Deine Heidi.

An meine
Oma
neben dem
Zahnarzt
Deutschland

Tiroler Nussöl

HELENA IST DOOF

John Brown´s Baby has a pimple at his nose

vamos a la playa

MAN REIST NICHT, UM ANZUKOMMEN,
SONDERN UM ZU REISEN.
(UNBEKANNT)

Ein Tier mit B: Bussard Biber Biest Bademeister Brillenschlange Brieftaube Bulle Braunbär

Eine Kiste voller Erinnerungen

oder früher war alles besser

Meine Mutter hat es ihr Leben lang versäumt, Fotoalben mit Urlaubsbildern anzulegen, es gibt nur eine Kiste mit allerlei Bildern, Postkarten und anderen Andenken, die wir ab und zu hervorholen, um in Erinnerungen zu schwelgen. Dummerweise weiß keiner mehr so genau, in welchem Jahr wir denn nun Stonehenge besichtigt haben, wer die dicke Frau ist, die meine Schwester auf einem Pony spazieren führt, und wie der Mann heißt, der meiner Mutter den Arm um die braungebrannten Schultern legt und dabei so dreist in die Kamera grinst. Jedenfalls tut meine Mutter so, als ob sie es nicht mehr wisse, ich weiß nicht so recht, ob ich ihr das auch glauben soll. Beim nächsten Bild nämlich funktioniert ihr Gedächtnis hervorragend. Es zeigt meine Schwester und mich recht mürrisch dreinblickend mit seltsamen orangefarbenen Streifen in den Gesichtern. Zwischen uns strahlt unsere Cousine Helena mit makellos gebräuntem Teint in die Kamera.

»War das an Karneval?«, frage ich.

»Nein«, sagt meine Mutter und lacht. »Das war, als deine Schwester dir und sich Möhrensaft ins Gesicht geschmiert hat, damit ihr auch so schön braun werdet wie Helena und nicht immer nur Sommersprossen bekommt. Das Kind hatte aber auch so einen wunderschönen Braunton, da konnte man wirklich neidisch werden.«

»Dafür hat sie heute viel mehr Falten als wir«, sagt meine Schwester, und ich nicke. Wenn es um Helena geht, sind wir uns immer einig.

Sehr viele aussagekräftige Fotos von unseren Urlauben gibt es leider nicht. Vor allem mein Vater hat häufig vergessen, die Kappe vom Objektiv zu nehmen. Meine Mutter hat gern die ganze Landschaft mit aufs Bild genommen, sodass man oft nur ahnen kann, um wen es sich bei den winzig kleinen Gestalten vor dem gewaltigen Bergpanorama handelt. Und meine Schwester und ich haben in einem gewissen Alter die Neigung gehabt, alle Bilder zu vernichten, auf denen wir uns hässlich fanden, und das waren nicht wenige. Deshalb sind wir auf unsere Erinnerungen angewiesen, und die gehen teilweise sehr weit auseinander.

In der Kiste finden sich aber auch Postkarten und Briefe als Zeitzeugnisse.

Liebe Oma, hier ist es so heiß, dass der Sand die Hornhaut von den Füßen schmilzt, sogar die von Papa ist schon weg. Er läuft immer ganz schnell. Wir kriegen jeden Tag Orangscheneis, weil es so billig ist. Wir wohnen im siebten Stock von eim Hochhaus. Kerstin hat heute meinen neuen Ball vom Balkon in einen Kaktus geworfen. Jetzt ist er kaputt und der Kaktus auch. Gestern ist ein toter Wal an den Strand gespült worden, der stinkt.

»Tss«, sagt meine Schwester, die diese Zeilen als Siebenjährige geschrieben hat. »Eine solche Postkarte wäre bei mir definitiv nicht durch die Zensur gekommen. Hochhaus! Stinkender Wal! Billiges Eis! Das kann man doch auch hübscher formulieren. *Von unserem Bett aus können wir das Meer sehen, in dem Wale schwimmen, sogar ganz nah am Ufer. Und das köstliche Eis wird in ausgehöhlten ungespritzten Orangen serviert.*«

Meine Schwester ist nämlich – wie so viele Menschen – der Ansicht, dass Postkarten nur einem einzigen Zweck dienen: den Empfänger neidisch zu machen. Etwas, das Tante Karla, deren Postkarte wir als Nächstes aus der Kiste ziehen, trotz redlichen Bemühens nie so recht gelungen ist.

Mon chérie Schwesterlein! Wir sind noch nicht in Spanien angekommen, aber auch Frankreich ist ein wundervolles Land! Die Automechaniker hier in D., einem kleinen Ort mit toller Autobahnanbindung und einem formidablen Bäcker sind äußerst charmant, und so macht es gar nichts, dass es noch ein paar Tage dauern wird, bis die Ersatzteile aus Lyon geliefert werden. Wir übernachten auf Luftmatratzen bei der freundlichen Schwester des Werkstattbesitzers im Keller, was sehr gemütlich und preiswert obendrein ist, und du weißt ja, wie gern unsere Claudia dicke schwarze Spinnen mag. Au revoir sagt deine Karla.

Quer über *»Ersatzteile aus Lyon«* kann man einen Fleck erkennen, der vermuten lässt, dass Tante Karla hier aus Notwehr eine der dicken schwarzen Spinnen erschlagen hat, die ihre Claudia so sehr mochte.

Ja, die gute Tante Karla. Bei ihr war im Urlaub immer was los. In Belgien lief bei einem Unwetter das Vorzelt voll Wasser, und die Luftmatratze mit Tante Karla drauf schwamm einen halben Kilometer landeinwärts, bis sie von einem Stacheldraht aufgeschlitzt wurde und sank. In Andalusien paarte sich der Pudel von Tante Karla mit einer Promenadenmischung und Onkel Günther mit dessen Frauchen, und als Tante Karla sich dazwischen werfen wollte, kam es zu einer üblen Schlägerei, in deren Folge Tante Karla zwei Tage im Untersuchungsgefängnis verbringen musste. In Südtirol riss eine Schlammlawine das halbe Ferienhaus mit sich, und zwar die Hälfte, in der Tante Karla gerade auf dem Klosett saß. Der Rest der Familie saß unbehelligt in der anderen Hälfte am Esstisch und spielte Monopoly. In Portugal – das war meine Lieblingsgeschichte – wollte der Hotelier Tante Karla und ihre Tochter an Mädchenhändler aus Übersee verkaufen. Wenn sie und Claudia sich nicht samt Pudel und Onkel Günther mit aneinandergeknoteten Streifen der Laken vom Hotelzimmer abgeseilt hätten und abgehauen wären, hätten wir sie vielleicht niemals wiedergesehen. Der Hotelier leugnete jegliche Verbindungen zu Mädchenhändlern und anderen verbrecherischen Syndikaten und verklagte Tante Karla und Onkel Günther wegen Zechprellerei.

Als Kinder freuten wir uns immer wie die Schneekönige über Tante Karlas Postkarten. Jede einzelne von ihnen las sich wie der Klappentext zu einem Roman.

Mittlerweile sind sowohl Onkel Günther als auch der Pudel gestorben, und Tante Karla fährt seit Jahren immer nur in dieselbe Frühstückspension nach Berggießhübel, wo leider überhaupt nichts passiert. Ihre Postkarten wirft meine Mutter nun stets ungelesen ins Altpapier.

Ich nehme wieder die Postkarte in die Hand, die meine Schwester meiner Oma von der Costa Brava geschrieben hat. An den Urlaub mit dem toten Wal und dem kaputten Ball kann ich mich trotz der sich offensichtlich überschlagenden Ereignisse überhaupt nicht erinnern, vielleicht weil ich erst zwei Jahre alt war. Zu der Postkarte gehört ein Foto von meiner Schwester und mir. Wir stehen nebeneinander auf erwähntem Balkon, im Hintergrund das Meer, ich mit Sonnenhut, Pflaster auf dem linken Auge und einem Frotteekleid, meine Schwester mit dem Ball unterm Arm und einem Frotteebikini, bei dem das Oberteil a) völlig überflüssig ist und b) nicht zum Unterteil passt. Sie hat den anderen Arm um meine Schulter gelegt.

»Kannst du dich daran erinnern?«, frage ich meine Schwester gerührt.

»Ja, klar«, sagt sie. »Das war der Urlaub, wo du meinen Ball kaputt gemacht hast.«

Sofort ist meine Rührung wie weggeblasen. »Aber doch nicht mit Absicht«, sage ich.

»Doch«, sagt sie.

»Nein! Der Ball war ganz glitschig von der Sonnenmilch«, sage ich.

»Du kannst dich doch gar nicht daran erinnern.«

»Daran schon«, lüge ich. »Und das Eis war lecker, und alles war aus Frottee.«

»Und du hattest immer Trotzanfälle und hast dich im Sand gewälzt, bis du aussahst wie ein Fischstäbchen«, sagt meine Schwester.

»Und du … - … hast dich auf Papas Sonnenbrille gesetzt und gesagt, ich wär's gewesen.« Das ist nur ein Schuss ins Blaue, aber meine Schwester sieht ertappt aus.

»Kinder, jetzt zankt euch doch nicht«, sagt meine Mutter. Sie hat immer noch das Foto mit dem fremden Mann in der Hand und betrachtet es mit gerunzelter Stirn. »Heidi hat einen neuen Ball bekommen, und den hat sie dann am nächsten Tag am Strand verloren.«

»Hab ich gar nicht«, sagt meine Schwester.

»Hast du wohl«, sage ich, bevor sie mich aufs Neue beschuldigen kann. Ich habe wirklich keinerlei Erinnerungen an diesen Urlaub. Dafür aber an unzählige andere. Vor allem an die langen Autofahrten. Als wir klein waren, gab es noch keine Anschnallpflicht für die Rücksitze, von Kindersitzen ganz zu schweigen. Meine Schwester und ich bekamen also dort ein kuscheliges Bett gemacht und konnten uns lang ausstrecken und gegenseitig an den Füßen kitzeln. Wir durften auch nach Herzenslust herumturnen und im Stau den Autofahrern hinter uns zuwinken.

Was wir nicht durften, war anderen einen Vogel zeigen oder die Zunge herausstrecken. Blockierte ein Autofahrer die linke Spur, fuhr zu nah auf oder benahm sich sonst irgendwie flegelhaft, sagte meine Mutter voller Empörung: »Also, den dürft ihr jetzt aber mal *ausgucken*!«

Ausgucken war so ziemlich das Schlimmste, das man jemandem antun konnte. Wer weiß, wie viele Menschen damals ein Trauma davongetragen haben, weil sie beim Überholen von zwei kleinen Mädchen ausgeguckt wurden.

Das Ausgucken war ein Prinzip, das sich von der Autobahn auf alle anderen Lebensbereiche übertragen ließ. Bis heute streiten wir nicht, wir schreien nicht, wir schimpfen nicht, wir werden nicht handgreiflich – wir gucken aus. Sogar am Telefon.

Als Kind bin ich gern verreist. Ich musste mich um nichts kümmern, meine Mutter packte für uns, mein Vater kutschierte uns, und hinten auf dem Rücksitz war es immer sehr gemütlich. Egal, was ich dort auch tat – lesen, essen, die Scheiben ablecken, Kopf stehen – niemals wurde mir auch nur im Entferntesten übel.

Wenn es uns mal langweilig wurde, spielten wir »Ein Tier mit B« und »Ich sehe was, was du nicht siehst«. Wir sangen auch viel, Lieder mit so mystischen Texten wie »Hau Männi, Rods, Mast Emen Wok Daun« oder »Heißa Kathreinerle, schnür dir die Schuh«. Manchmal sangen meine Eltern auch Duette aus Oper und Operette, und meine Schwester und ich hielten uns gegenseitig die Ohren zu.

Meine Schwester schlief viel auf diesen Autofahrten, und wenn sie einmal schlief, war sie durch nichts mehr zu wecken. Sie kam immer schon sehr erholt am Ferienort an. Eingekuschelt in ihre Sitzecke verschlief sie umgekippte LKWs, Waldbrände, Wildschweine auf der Fahrbahn und alle Strophen von »John Brown's Baby has a pimple at his nose«. Aber wenn wir die Grenze zur Schweiz passierten, egal zu welcher Jahres-, Tages- oder Nachtzeit, pflegte sie sich zu rekeln und, noch bevor sie die Augen geöffnet hatte, zu sagen: »Ich rieche die Schweiz.«

Ich war immer enttäuscht, wenn wir nicht in oder wenigstens durch die Schweiz fuhren, denn ich wartete immer gespannt auf den Augenblick, in dem meine Schwester die

Schweiz roch. Bis heute habe ich nicht herausgefunden, was es für ein Geruch war und warum er so intensiv war, dass er sie aus dem allertiefsten Tiefschlaf zu wecken vermochte. Käse war es jedenfalls nicht.

Verglichen mit den Kindern von heute waren wir ausgesprochen pflegeleichte Mitreisende, meine Schwester und ich. Wenn wir nicht schliefen, wickelten wir meinem Papa die Hustenbonbons aus dem Papier, putzten seine Sonnenbrille und kratzten meine Mutter am Rücken, da, wo sie selber nicht drankam. Wir traten nicht von hinten gegen die Lehne, wir kleckerten nicht mit klebrigen Substanzen, und wir nervten auch sonst nicht rum. Wir genossen die Fahrt einfach, und das ist auch gleich das erste Geheimnis eines glücklichen Reisenden.

DER WEG IST DAS ZIEL.

Die klassische Frage: »Wann sind wir endlich da?«, mit denen Kinder ihre Eltern ab der ersten Kurve in den Wahnsinn zu treiben pflegen, haben wir sicher nie gestellt. Und Pipi musste auch immer nur unsere Cousine Helena.

Helena muss Pipi

oder von der Kunst, in einen Eimer zu pinkeln

Hermann blinkt!«, sagte meine Mutter zu meinem Vater.

»Helena muss Pipi«, sagte meine Schwester.

»Verdammt, nicht schon wieder«, stöhnte mein Vater. »Der nächste verdammte Rasthof ist doch erst in fünfzehn verdammten Kilometern. Wir sind jetzt schon zwei verdammte Stunden später dran, weil wir an jedem Rasthof anhalten mussten.«

»Da vorne ist ein verd… – ein Parkplatz«, sagte meine Mutter. »Und sag nicht immer verdammt!«

Aber in Wirklichkeit ärgerte sie sich auch, denn jede Minute Verspätung bedeutete eine Viertelstunde längere Wartezeit vor dem Autozug durch den Lötschbergtunnel. Und meine Mutter hasste Warten. Sie sagte, sie bekäme davon weiße Haare.

»Die sollten mit dem Panz mal zum Doktor. Das ist doch nicht normal«, sagte meine Oma. »Wahrscheinlich ist dem seine Blase so klein wie dem Hermann sein Hirn.«

»Unsinn«, sagte meine Mutter. »Sie geben ihr nur zu viel zu trinken. Und sag nicht immer Panz zu Helena. Sie ist ein sehr liebes Mädchen.«

»Und mein Mops ist Schönheitskönigin«, sagte meine Oma, die überhaupt keinen Hund hatte.

Auf dem Parkplatz gab es keine Toiletten, nur dichtes Gestrüpp hinter den Picknickbänken. Helena wollte nicht hinter den Büschen Pipi machen, sie sagte, sie bräuchte ein richtiges Klo.

»Sie braucht ein richtiges Klo«, sagte auch Tante Hannelore.

»Man sollte jedem Kind beibringen, beizeiten in einen Eimer zu pinkeln«, sagte meine Oma und beäugte vielsagend den stählernen Abfallkorb neben dem Picknicktisch. »Eine solche Fähigkeit erleichtert das Leben ungemein.«

Die Erwachsenen taten so, als hätten sie nichts gehört.

Tante Hannelore versuchte, Helena die Büsche schmackhaft zu machen, weil sie mal von einem Mädchen gehört hatte, dessen Blase geplatzt war, weil es nicht rechtzeitig Pipi gemacht hatte. Aber Helena heulte und bestand auf einem richtigen Klo. Wir stiegen alle wieder in die Autos, und Onkel Hermann fuhr bis zur nächsten Raststätte, als ob es um Leben und Tod ginge.

Meine Schwester und ich fanden es aufregend, vielleicht bald persönlich ein Mädchen zu kennen, dessen Blase geplatzt war, weil es nicht rechtzeitig Pipi gemacht hatte.

Helenas Blase platzte aber nicht, und zur Belohnung bekam sie eine Limo spendiert. An der nächsten Raststätte setzte Onkel Hermann deshalb gleich wieder den Blinker.

»Von mir kriegte der Panz nur eins hinter die Ohren«, sagte meine Oma, die nie in ihrem Leben Schläge ausgeteilt hatte.

Meine Schwester und ich waren ganz ihrer Meinung, aber wir durften Helena nur ausgucken, und das merkte Helena gar nicht. Gut gelaunt belegte sie bei der Ankunft in unserer Ferienwohnung in Zermatt erst einmal die Toilette mit Beschlag.

Meine Oma mütterlicherseits war oft mit dabei, wenn wir in den Skiurlaub fuhren. Nur in der Schweiz konnte sie ihre Kuhfellstiefel Größe 36, die Nerzkappe und den Nerzmantel tragen, für den sie sechsundzwanzig Jahre gespart hatte. Zu Hause war es für diese pelzige Garderobe weder vornehm noch kalt genug. Wir profitierten sehr von Omas Gesellschaft. Wenn wir Ski fuhren, machte sie lange Schneespaziergänge, kaufte ein und kochte das Essen. Außerdem holte sie mich jeden Mittag pünktlich an der Skischule ab und zog mich an meinen Stöcken bis nach Hause. Die einzige Gegenleistung, die sie für ihre Dienste verlangte, war das abendliche Kanasterspiel, bei dem wir sie öfter als nötig gewinnen ließen.

Helena war ein Einzelkind, und sie bediente wirklich alle Klischees, die man Einzelkindern so zuschreibt. Dass sie das einzige Bad in unserer Ferienwohnung jeden Morgen für eine geschlagene Dreiviertelstunde blockierte, fand sie absolut selbstverständlich, obwohl meine Schwester vor der Tür einen Ohnmachtsanfall simulierte und sagte: »Noch eine Sekunde, und *ich* bin das Mädchen, von dem Tante Hannelore gehört hat, dessen Blase geplatzt ist.«

Wenn umgekehrt jemand von uns im Bad war, kam garantiert Helena angerannt und musste mal Pipi. Oder sie wollte einfach nur ihr schönes langes Haar im Spiegel bewundern. Nicht mal in Ruhe die Zähne putzen konnte man sich.

»Das Kind wird noch mal große Probleme bekommen, wenn es nicht lernt, seine Blase zu kontrollieren und in einen Eimer zu strullen«, sagte meine Oma zu Tante Hannelore.

»Sie ist eben nicht so …, äh, rustikal wie andere Kinder«, sagte Tante Hannelore. Es war ganz klar, dass sie mit »anderen Kindern« meine Schwester und mich meinte.

»Was ist rustikal?«, fragte ich meine Schwester.

»Tante Hannelores Schrankwand ist rustikal«, antwortete meine Schwester. Da ich mir ziemlich sicher war, dass die Schrankwand von Tante Hannelore nicht in einen Eimer strullen konnte, war ich verwirrt.

Meine Eltern mochten Helena gern, sie hatte goldblonde Locken, niedliche Grübchen und einen beneidenswert goldbraunen Teint. Außerdem konnte sie Violine spielen. Und sie hatte, oberflächlich betrachtet, ein ausgeglichenes, sonniges Wesen, ohne vorpubertäre Zickenallüren oder kleinkindhafte Trotzanfälle, von denen wir ab und an heimgesucht wurden.

In Wirklichkeit hatte Helena es faustdick hinter den Ohren, aber die Einzige, die das außer uns erkannte, war meine Oma.

»Von wegen nicht rustikal«, sagte sie.

Zum Pudding gab es oft Fruchtsalat aus der Dose, darin, sparsam verteilt, leuchtend rote Kaiserkirschen. Die Kaiserkirschen waren das Beste an diesem Fruchtsalat, und meine Schwester und ich achteten immer sorgfältig darauf, dass keiner mehr Kaiserkirschen bekam als die andere. Helena, als Einzelkind, wäre nie auf die Idee gekommen, die Früchte im Dessert zu zählen, und die Kirschen mochte sie auch gar nicht besonders. (Unter uns: Sie waren auch nichts Besonderes. Ich habe mir unlängst aus nostalgischen Gründen eine Dose dieses Obstsalates gekauft, und alles darin schmeckte gleich widerlich.) Als Helena aber begriffen hatte, dass wir aus irgendeinem Grund scharf auf die Dinger waren, mussten Tante Hannelore und Onkel Hermann ihre Kirschen an ihre Tochter abtreten, was sie auch ohne Widerrede taten. Damit hatte Helena genau dreimal so viele Kirschen wie wir. Obwohl unsere Eltern es sonst immer sehr begrüßten, wenn wir uns freiwillig mit Rechenaufgaben beschäftigten, sagten sie nur, wir sollten gefälligst nicht so kleinlich sein, und aßen ihre Kirschen selber. Wir fanden, wenn schon, dann mussten Onkel Hermann und Tante Hannelore auch uns ein paar Kirschen abgeben. Aber das fand Helena nicht.

»Das sind meine Eltern«, sagte sie. »Und ich bestimme, wem sie die Kirschen geben und wem nicht.«

Wenn wir schon längst mit dem Essen fertig waren, saß Helena immer noch da und ließ sich jede einzelne Kaiserkirsche auf der Zunge zergehen.

Als sie am nächsten Tag wieder die Kirschen ihrer Eltern zugeschustert bekam, stand meine Oma auf und öffnete feierlich eine ganze Dose Kaiserkirschen, die sie im Supermarkt entdeckt hatte. Sie verteilte sie auf den Tellern von meiner Schwester und mir und auf ihrem eigenen. So viele Kaiserkirschen auf einmal hatten wir noch nie gesehen.

»Ich will auch noch welche«, sagte Helena, und meine Mutter sah meine Oma sehr böse an. Es war klar, dass sie sie an diesem Abend nicht beim Kanaster gewinnen lassen würde. Aber meine Oma störte sich nicht daran.

»Die Kirschen habe ich von meinem eigenen Geld bezahlt«, sagte sie. »Und ich bestimme, wer davon essen darf und wer nicht.«

Am nächsten Tag verlor meine Schwester ihre alte Bommelmütze und durfte mit meiner Mutter eine neue kaufen.

Sie probierte jede einzelne Mütze an, die es in den fünf örtlichen Sportgeschäften zu kaufen gab. Am Ende hatte sie aus neuntausendneunhundertneunundneunzig Mützen genau die eine herausgesucht, die ihr am besten stand, die megatrendy und trotzdem etwas ganz Besonderes war. Stolz führte sie uns die Mütze zu Hause vor.

»Das ist die schönste Mütze, die ich je gesehen habe«, sagte meine Schwester. »Die gab es auch nur in einem einzigen Geschäft.«

»Ich will auch eine neue Mütze haben«, sagte Helena.

»Aber du hast deine Mütze doch gar nicht verloren«, sagte meine Schwester, die sehr froh war, dass ihre alte Bommelmütze endlich weg war – ganz zufällig.

Tante Hannelore zog sofort mit Helena los und kam mit haargenau der gleichen Mütze zurück, die meine Schwester sich ausgesucht hatte. Sie mussten stundenlang danach gesucht haben.

»Eine andere Mütze wollte sie nicht«, sagte sie entschuldigend.

»Dann hätte sie gleich meine haben können«, sagte meine Schwester, schmiss ihre Mütze in eine Ecke und sagte, sie wolle sie nie wieder anziehen.

Ich guckte Helena so schlimm aus, wie ich nur konnte. Aber Helena sah nur ihr eigenes Spiegelbild an. »Die Verkäuferin hat gesagt, das Blau sieht toll aus zu meinen blonden Locken.«

»Wenn Helena und du die gleichen Mützen anhabt, dann schauen euch alle hinterher und denken, ihr seid Schwestern«, sagte Tante Hannelore zu meiner Schwester.

Diese Vorstellung gab meiner Schwester den Rest. Beim

Abendessen sprach sie kein Wort. Helena aber plapperte fröhlich vor sich hin, aß und trank mit gutem Appetit. Meine Oma goss ihr wortlos Apfelsaft nach, zweimal.

Eine halbe Stunde später musste Helena Pipi. Aber das Badezimmer war besetzt.

»Ich muss ganz dringend«, sagte Helena.

»Ich auch!«, sagte meine Oma von drinnen.

Nach einer Viertelstunde klopfte meine Mutter an die Tür. »Mama! Was machst du denn da drinnen?«

»Mein liebes Kind, was macht man wohl auf einer Toilette?«, fragte meine Oma zurück.

»Ja, aber doch nicht so lang«, sagte meine Mutter. »Helena muss mal Pipi.«

»Und ich habe Besuch vom flotten Otto«, sagte meine Oma.

Ich wusste nicht, wer der flotte Otto war, aber meine Schwester sagte, der flotte Otto sei für Oma das, was Tigermaxe für mich sei.

»Ein Fantasiefreund?«, fragte ich.

»Genau«, sagte meine Schwester.

Wir wollten die Zeit, die Oma mit ihrem Fantasiefreund auf dem Klo verbrachte, mit Kanasterspielen überbrücken, aber die Karten waren nirgendwo zu finden. Inzwischen musste Helena so dringend, dass Tante Hannelore wieder an das Mädchen dachte, dessen Blase geplatzt war.

»Bitte – nur ganz kurz!«, sagte Tante Hannelore an der Badezimmertür.

»Ich wünschte, ich könnte es möglich machen«, sagte meine Oma von drinnen. »Das Kind sollte vielleicht besser mit dem Putzeimer vorliebnehmen.«

Helena sagte ungefähr siebzig Mal, dass sie es überhaupt nicht mehr aushielte. Mittlerweile musste ich auch mal Pipi.

»Ich muss, ich muss, ich muss!«, sagte Helena.

Mein Vater reichte Onkel Hermann den Putzeimer. Aber Helena wollte nichts vom Putzeimer wissen. Die Situation spitzte sich dramatisch zu.

»Ich brauche ein richtiges Klo«, heulte Helena.

»Sie braucht ein richtiges Klo«, heulte Tante Hannelore.

Meine Schwester und ich ließen Helena nicht aus den Augen. Auf keinen Fall wollten wir den Augenblick verpassen, in dem ihre Blase platzte.

»Mama! Jetzt ist es nicht mehr komisch!«, sagte meine Mutter streng an der Badezimmertür.

»Ja, meinst du denn, ich finde so einen Dünnschiss komisch?«, sagte meine Oma von drinnen. »Aber manche Dinge muss man eben aussitzen.«

Ich musste jetzt ebenfalls dringend.

»Deine Enkeltochter muss auch mal«, sagte meine Mutter durch die Badezimmertür, diesmal mit einem Hauch von Schadenfreude in der Stimme. »Du kannst nicht da drinnen übernachten.«

Ich hörte meine Oma grummeln, und ich begriff, dass ihre Mission scheitern würde, wenn sie jetzt aufschlösse.

»Schon gut, Oma!«, rief ich. »Ich bin rustikal! Ich mache in den Putzeimer!«

»Gutes Kind«, sagte meine Oma.

Eine weitere Viertelstunde später wurde Helena trotz meines guten Vorbildes hysterisch. »Ich! Will! Ein! Richtiges! Klo!«, brüllte sie.

Tante Hannelore fing vor Mitleid und Sorge an zu weinen. Onkel Hermann griff sich mehrmals ans Herz. Mein Vater bastelte ein komfortables Klosett, indem er den geleerten und gesäuberten Putzeimer unter einen Stuhl stellte, dessen Sitzpolster er entfernt hatte.

Aber Helena wollte ein! richtiges! Klo!

Meine Oma blieb hart.

Schließlich zogen Onkel Hermann und Tante Hannelore sich an und trugen Helena, jede Erschütterung vermeidend, durch den tiefen Schnee auf die Toiletten des Grand-Hotels, das dreihundert Meter weiter lag.

Große Enttäuschung machte sich breit: bei meiner Schwester und mir, weil wir nun immer noch kein Mädchen kannten, dessen Blase geplatzt war, und bei meiner Oma, weil sie ganz umsonst stundenlang auf dem Klo gehockt hatte. Seufzend kam sie aus dem Bad, in der Hand die Kanasterkarten. Offensichtlich hatte sie drinnen mit dem flotten Otto Karten gespielt.

»Du bist eine Teufelin«, sagte meine Mutter.

»Ich wollte dem Kind doch nur helfen«, sagte meine Oma. »Im Leben gibt es nämlich immer mal wieder Situationen, in denen man besser dran wäre, wenn man in einen Eimer pinkeln könnte. Merkt euch das.«

Sie hatte ja so recht. Ich kann gar nicht mehr zählen, wie oft in meinem Leben ich in eine Situation geraten bin, in der mich nur die Fähigkeit, in einen Eimer zu pinkeln, gerettet hat.

Weißt du noch?

oder die Parabel von Sannchens Bademantel

Eine Familie erkennt man immer an ihrer internen Kommunikation, die von vielen gemeinsamen Erfahrungen geprägt ist. Es genügt meist ein Stichwort, und schon werden kollektive Erinnerungen abgerufen.

»Weißt du noch, wie Papa damals in Zermatt am Tellerlift …?«

Sofort brechen alle, die dabei waren, in schallendes Gelächter aus. »Ja, was war das komisch, vor allem, als der Mann hinter uns auch noch …«

»Und – hahaha, halt mich fest – ausgerechnet mit seinem Kinn!«

Da steigt man als Außenstehender natürlich nicht wirklich durch, aber man sollte auch nicht den Fehler machen und fragen, was Papa denn damals in Zermatt nun am Tellerlift genau getan hat. Denn das ist meistens überhaupt nicht so komisch, wie man aufgrund des brüllenden Gelächters vermuten könnte.

Manche Ereignisse werden auch zu Parabeln, die das ganze spätere Leben immer und immer wieder bemüht werden können. Papa und der Tellerlift in Zermatt sind ein Synonym für überschäumende Heiterkeit, aber auch eine Parabel dafür, wie man sich besonders dumm anstellen kann.

»Meine Güte, stehst du auf der Leitung«, sagen wir oder auch: »Du bist ja wie Papa am Tellerlift.«

»Denk an Riva!« bedeutet in unserer Familie so viel wie »Bevor du etwas sagst oder tust, wobei du dir nicht ganz sicher bist, bedenke die Konsequenzen«. In Riva soll meine Schwester nämlich (das war vor meiner Geburt) meiner Mutter unentwegt auf der Straße hinterhergebrüllt haben: »Nicht so schnell, du Arschloch!«, wodurch sich meine Mutter schließlich zu mehreren festen Klapsen auf das Hinterteil meiner Schwester hat hinreißen lassen. Und meine Schwester muss erst hernach tränenüberströmt gefragt haben, was denn ein Arschloch überhaupt sei.

Solche Ereignisse prägen auch die nachfolgenden Generationen von klein auf. Ein Beispiel: Als mein Neffe neulich erwog, einen Studiengang mit dem klangvollen Namen *»Agricultural Science and Resource Management in the Tropics and Subtropics«* zu belegen, ohne erklären zu können, was das genau war, schüttelte ich skeptisch den Kopf.

»Ich weiß nicht, ich weiß nicht – denk an Riva!«, sagte ich, und mein Neffe wusste sofort, was ich ihm damit sagen wollte. Als ich daraufhin zu einem Vortrag darüber ausholte, wie ich nach dem Abitur ziellos durch die Universitäten geirrt sei, winkte er nur ab.

»Bademantel, Tantchen!«, sagte er.

»Bademantel!« – genervt ausgerufen – bedeutet bei uns: »Halt die Klappe! Die Geschichte kennen wir schon.« Meine Oma kam nämlich ab ihrem neunzigsten Lebensjahr jeden Montag, wenn sie bei uns am Kaffeetisch saß, früher oder später darauf zu sprechen, dass ein gewisses

Sannchen nichts, aber auch gar nichts wegwerfen könne, und sich daher im Kleiderschrank des holländischen Ferienhauses von eben diesem Sannchen auch 1986 noch ein Bademantel von 1935 befunden habe.

»Ich mach den Schrank auf, und was sehe ich da?«, sagte meine Oma jeden Montag, und wir antworteten dann im Chor: »Den gestreiften Bademantel, den Sannchen schon 1954 dem Roten Kreuz spenden wollte!«

»Bademantel!«, darf man aber nur unter Familienmitgliedern ausrufen, es nutzt gar nichts, wenn Sie das einer Nachbarin entgegenschleudern, die Ihnen zum fünfundzwanzigsten Mal von der Bypassoperation ihres Mannes erzählen will. Da kann man höchstens einen auf Mürren machen und die Tür nicht öffnen. Ach, das kennen Sie auch nicht?

»Mach bloß keinen auf Mürren« heißt in unserer Familie so viel wie: »Stell dich nicht tot, sondern suche nach einer Lösung des Problems«.

In Mürren nämlich habe ich mich als Fünfjährige mal im Zimmer eingeschlossen, um meine Cousine Helena zu ärgern. Als ich wieder rauswollte, klemmte der Schlüssel im Schloss. Ich rüttelte und drehte, ich schraubte und drückte, aber die Tür blieb verschlossen. Nun hätte ich nach Hilfe rufen und meine Misere erklären können, aber weil mir das alles vor Helena zu peinlich war, sagte ich gar nichts, sondern wartete einfach ab. Als die Erwachsenen anfingen, an der Tür zu rütteln und meinen Namen zu rufen, hätte ich natürlich antworten müssen, aber ich wollte nicht, dass Helena merkte, dass ich zu blöd war, den Schlüssel wieder herumzudrehen, deshalb gab ich keinen Mucks von mir. Draußen vor der Tür entstand große Aufregung. Man versuchte, durch das Schlüsselloch zu gucken und stellte Vermutungen über meinen Gesundheitszustand an.

»Vielleicht ist sie nur eingeschlafen«, sagte Tante Hannelore.

»Vielleicht spielt sie Verstecken«, sagte meine Schwester.

»Vielleicht ist sie gestürzt und verletzt!«, sagte meine Mutter.

»Vielleicht ist sie auch tot«, schlug Helena fröhlich vor.

»Vielleicht kann sie aber auch nur den Schlüssel nicht wieder herumdrehen«, flüsterte ich.

»Wir müssen die Tür einschlagen«, sagte mein Vater.

»Wir lassen einen Schlosser kommen«, sagte Onkel Hermann. Aber so lange wollte meine Mutter nicht warten. Sie kletterte auf abenteuerlichem Weg über zwei vereiste Vordächer und einen Balkon auf die Fensterbank zu meinem Zimmer. Ich staunte nicht schlecht, als sie mich durch die Glasscheibe anschaute. Sie staunte auch nicht schlecht, dass ich weder versteckt, noch eingeschlafen, noch verletzt, noch tot war. Und dummerweise ließ sich der Schlüssel von ihr dann auch problemlos im Schloss drehen.

Ich gebe zu, dass ich auch heute noch öfter mal einen auf Mürren mache, um mein Gesicht nicht zu verlieren. Zum Beispiel, wenn ich nicht rechtzeitig mit einem Manuskript fertig werde. Oder wenn auf einem Elternabend nach einem freiwilligen Protokollführer gesucht wird.

Nur bei meiner Mutter stelle ich mich niemals tot. Sie würde nämlich genau wie damals über vereiste Vordächer angeklettert kommen, um nach dem Rechten zu sehen.

Anders als meine Nichten und Neffen, die sozusagen von Geburt an mit unseren Parabeln gefüttert wurden, hat mein Mann Frank noch Schwierigkeiten mit unserer Art der Kommunikation. Auch wenn er sich redlich bemüht, den Jargon korrekt zu benutzen.

Neulich kam meine Mutter zur Tür herein und fragte: »Hast du noch das Dings, was dir die Dings mal geschenkt hat, zum Dingsmachen?«

»Wie bitte?«, fragte Frank. »Ähm – denk an Riva?«

»Nein, Riva sagt man nicht in diesem Zusammenhang«, wies ich ihn zurecht. »Meine Mutter meint das Raclette-Gerät, das uns Tante Karla zur Hochzeit geschenkt hat. Ja, das haben wir noch.«

»Dann musst du es mir leihen«, sagte meine Mutter. »Meins ist nämlich kaputt.«

Frank sagte: »Ich wusste gar nicht, dass ich mit einer Telepathin verheiratet bin.«

»Jaha«, sagte ich. »Pass bloß auf, was du denkst.«

Am gleichen Abend wühlte er im Keller herum, und ich hörte ihn fluchen. Und fluchen. Und fluchen.

»Was ist denn los?«, fragte ich schließlich.

»Ah, gut, endlich machst du keinen mehr auf Mürren und kümmerst dich mal um mich«, sagte Frank. »Ich suche schon seit einer Viertelstunde das Dings, mit dem ich den Dings von dem Dings dingsen könnte, um endlich die neuen Dings einzulegen!« Er sah mich erwartungsvoll an. »Weißt du vielleicht, wo es ist, oder denkst du an Riva?«

»Vergiss es«, sagte ich. »Das mit der Telepathie und den Parabeln funktioniert nur, wenn man sich länger als dreißig Jahre kennt. Du hast es einfach noch nicht raus.«

»Ist doch sowieso totaler Blödsinn!«, sagte Frank. »Wenn deine Schwester in Riva auf der Straße Arschloch gebrüllt hat, wieso soll *ich* dann an Riva denken, wenn ich mit meinem Chef über eine Gehaltserhöhung diskutiere?«

»Tja, in zwanzig Jahren verstehst du's«, sagte ich. »Dann haben wir vielleicht sogar schon wieder ein paar neue, eigene Parabeln entwickelt.«

»Nein, ich glaube nicht, dass ich dabei mitmache«, sagte Frank. »Das ist nur was für Leute mit einem Hang zum Irrsinn.«

»Blödsinn, so etwas gibt es in jeder Familie«, sagte ich.

»In unserer nicht«, sagte Frank. »Ich habe meinem Bruder auf Ischia mal die Luftmatratze aufgeschlitzt. Aber deshalb sagt bei uns trotzdem keiner *Denk an Ischia,* wenn er schwimmen geht.«

Ich schüttelte mitleidig den Kopf. So was Begriffsstutziges aber auch.

»Ich liebe dich trotzdem«, sagte ich zärtlich.

»Ach, halt den Bademantel!«, sagte Frank.

Mein schönstes Ferienerlebnis

oder wozu Eisenmangel bei Kindern führen kann

Als ich im dritten Schuljahr war, schwärmte mir meine damals beste Freundin Gabi von dem Ferienheim vor, in das sie jeden Sommer fuhr. Es ging dort haargenau so zu wie in den Hanni-und-Nanni-Büchern, die ich nicht lesen durfte, aber trotzdem las: Es gab Etagenbetten, echte Freundschaft, Mitternachtspartys und lustige Streiche. Ich wollte zu gern auch einmal dorthin.

Aber meine Eltern hatten schon andere Pläne für die Sommerferien. Außerdem verbanden sie mit dem Wort »Ferienheim« klischeehafte Horrorgeschichten von grausamen Erzieherinnen und ekelhaftem Großküchenfraß.

»So ein fürchterliches Ferienheim würdest du gar nicht überleben!«, sagte meine Mutter. »Du hast doch schon Heimweh, wenn du mal bei Oma übernachten musst.«

»Aber das ist was ganz anderes!«, rief ich. »Bei Oma werden schließlich auch keine Mitternachtspartys gefeiert.«

»Ja, allerdings«, sagte meine Mutter. »Das dauert nämlich nicht nur eine Nacht, sondern vierzehn Nächte. Von den Tagen mal ganz zu schweigen. Und wenn du Heimweh bekommst, kannst du uns nicht mal anrufen.«

»Bitte, ich verspreche, dass ich kein Heimweh bekomme«, jammerte ich. »Die Gabi ist doch auch dabei, und die fährt schon seit dem ersten Schuljahr dahin!«

»Ja, weil ihre Eltern beide arbeiten müssen«, sagte meine Mutter. »Ich wette, der Mutter von der Gabi blutet dabei das Herz.«

»Die Gabi sagt, im Ferienheim ist es viel besser als zu Hause«, sagte ich.

»Vielleicht besser als bei der Gabi zu Hause«, sagte mein Vater.

»Die Gabi will da nur nicht alleine hinfahren«, sagte meine Mutter.

»Du fährst mit uns nach Norderney, und damit basta«, sagte mein Vater. »Das Ferienheim heben wir uns für den Fall auf, dass du mal erziehungsschwierig wirst.«

Ich sagte: »Ihr seid die gemeinsten Eltern der Welt!« Und stampfte dazu erziehungsschwierig mit dem Fuß auf. Aber es half nichts.

»Ich darf nicht mit ins Ferienheim«, sagte ich zu Gabi. »Meine Eltern wollen das nicht.«

»Du Arme«, sagte Gabi. »Ich bin ja so froh, dass meine Eltern mir den Spaß gönnen. Was war das letztes Jahr toll, als wir uns alle als Gespenster verkleidet haben und die Jungs erschreckt haben.«

Als Gespenst verkleidet Jungs erschrecken – das war doch nun wirklich das Alleraller*aller*tollste, was man sich nur vorstellen konnte. Gabi hatte darüber schon mal in einem Aufsatz berichtet, in »Mein schönstes Ferienerlebnis«. Was war ich neidisch gewesen, als sie den Aufsatz vorgelesen hatte. So was war doch hundertmal besser als das, was ich geschrieben hatte: *»Mein schönstes Ferienerlebnis war, als die Möwe der Frau den Keks aus der Hand geklaut hat!«* Gähn!

Ich wollte auch mal was richtig Tolles erleben. Warum nur gönnten meine Eltern mir das nicht?

»Am lustigsten war es, als wir Tante Gerti ein Pupskissen auf den Stuhl legten«, goss Gabi Öl ins Feuer.

Tante Gerti war die dicke Obererzieherin vom Ferienheim, und die Vorstellung, niemals erleben zu dürfen, wie Tante Gerti sich auf ein Pupskissen setzte, löste eine fürchterliche Besessenheit in mir aus. Ich *musste* einfach in dieses Ferienheim fahren. Jeden Tag bettelte ich darum, morgens, mittags und abends. Ich schloss das Ferienheim auch in meine Gebete ein, möglichst so, dass meine Eltern es hörten: »Bitte lieber Gott, ich will so furchtbar gerne in Gabis Ferienheim fahren, bitte, ich wünsche mir auch nichts anderes auf der Welt, nur dass ich bitte, bitte in dieses wunderbare Ferienheim fahren und in einem wunderbaren Etagenbett schlafen darf.«

Schließlich gaben meine Eltern nach.

»Aber sag nicht, wir hätten dich nicht gewarnt«, sagte meine Mutter, als sie mit mir zum Kreisgesundheitsamt fuhr, um mich auf Tuberkulose untersuchen zu lassen. Ins Ferienheim durften nämlich nur gesunde Kinder. Auch über meine Blutwerte wollte Tante Gerti ganz genau informiert sein. Ich hatte von klein auf einen leichten Eisenmangel, der mich aber in keiner Weise beeinträchtigte.

»Sieben Unterhosen für vierzehn Tage – das ist doch sicher ein Versehen …«, murmelte meine Mutter und schaute auf die Liste, die Tante Gerti geschickt hatte. Aber das war kein Versehen, im Ferienheim durften die Unterhosen wirklich nur alle zwei Tage gewechselt werden. Waschen brauchte man sich gar nicht, nur die Hände und das

Gesicht. Deshalb war auch die Anzahl von zwei Handtüchern durchaus angemessen.

Bei unserer Ankunft wurde unser Gepäck gefilzt, und alle Gegenstände, die nicht auf Tante Gertis Liste gestanden hatten, wurden beschlagnahmt: überzählige Unterhosen, Taschenlampen, Fresspakete für Mitternachtspartys, Pupskissen und sogar mein Tagebuch.

»Jeder nur ein Kuscheltier«, sagte Tante Gerti, die tatsächlich aussah, als habe sie sämtliche beschlagnahmten Fresspakete seit 1950 höchstpersönlich verwertet. Sie hatte einen böse zusammengekniffenen Mund und kleine, kalte Augen, und mir war sofort klar, dass nur ein sehr mutiges oder ein sehr dummes Kind sich trauen würde, Tante Gerti ein Pupskissen unterzuschieben. Gabi hatte die Pupskissengeschichte völlig frei erfunden.

Ein Mädchen mit langen Zöpfen namens Kati fing an zu weinen, weil sie von ihren fünf Monchichis (so hießen die Plüschaffen mit Plastikgesicht, die damals in Mode waren) vier abgeben musste, aber alle gleich lieb hatte.

Ein Junge, der Martin hieß und auf eine nicht näher definierte Weise mit Tante Gerti verwandt war, sagte »doofe Heulsuse« zu Kati.

Tante Gerti sagte: »Heulsusen bekommen keinen Nachtisch.«

»Tante Gerti ist gemein«, sagte ich zu Gabi.

Gabi zuckte mit den Schultern. »Man gewöhnt sich an sie. Aufpassen musst du bei Tante Theresa, das ist die Blonde. Die ist manchmal wirklich gemein. Und Tante Anke, die hält immer zu den Jungs. Nett war Tante Helga, aber die ist nicht mehr da.«

Nett war eigentlich auch Tante Mareike, die uns unsere Zimmer zeigte und der kleinen Kati versicherte, dass es ihre vier Monchichis im Büro von Tante Gerti ganz gemütlich hätten, bis sie wieder mit Kati nach Hause dürften.

Das allerdings war noch lange hin. Ich sah mich schockiert um. Das also war der Schlafsaal, den ich jeden Abend in meine Gebete eingeschlossen hatte?

Die Etagenbetten waren aus Eisenrohr, dazu gab es schmale Spinde, die man sich mit einem anderen Kind teilen musste, mit solch winzigen Fächern, dass klar war, warum jeder nur sieben Unterhosen hatte mitbringen dürfen. Der Raum war an Kargheit und Tristesse nicht zu überbieten.

Obwohl Gabi mich oben schlafen ließ, überfiel mich das Heimweh mit aller Macht, dazu die schmerzhafte Erkenntnis, dass einen nicht jeder Wunsch, der in Erfüllung geht, glücklich macht. Ich war definitiv reingelegt worden. Nichts, aber auch gar nichts in diesem Ferienheim war besser als zu Hause, nicht mal als bei Gabi zu Hause. Und nichts war auch nur annähernd so wie bei Hanni und Nanni. Wenn ich eins wusste, dann, dass im Internat von Hanni und Nanni die Matratzen ganz bestimmt nicht nach Schweißfüßen rochen.

»Da kann ich aber nichts dafür«, sagte Gabi, als ich mich bei ihr beschwerte. »Du wolltest doch unbedingt mit.«

»Ja, wegen der Pupskissen und der Mitternachtspartys«, sagte ich. Tante Gerti hatte die für die Partys bestimmten Schokoladentaler und den Orangensaft selbstverständlich beschlagnahmt.

Gabi gab dann auch zu, dass es nie Mitternachtspartys

gegeben hatte. Und auch keine Spukabenteuer bei den Jungs. Die Tür, die den Jungentrakt vom Mädchentrakt trennte, wurde nämlich jeden Abend abgeschlossen.

»Aber warum hast du das gemacht?«, fragte ich.

»Weil ich dachte, wenn du mitkommst, haben wir bestimmt Spaß«, sagte Gabi kleinlaut. Sie schenkte mir eins von den Bonbons, die sie in ihrer Hosentasche an der Kontrolle vorbeigeschmuggelt hatte, aber ich war trotzdem noch sauer auf sie.

Beim Abendessen weinte die kleine Kati mit den Monchichis immer noch oder schon wieder, und Tante Gerti machte ihre Drohung wahr und gab Kati keinen Nachtisch. Zur Hauptspeise hatte es einen Matschepamp aus Linsen, Suppengrün und fettigem Fleisch gegeben, das aussah wie schon einmal gegessen und leider auch so schmeckte. Bei jedem Bissen hatte ich würgen müssen, und obwohl der Vanillepudding auch keine kulinarische Köstlichkeit darstellte, so nahm er doch zumindest den widerlichen Matschepamp-Geschmack von der Zunge. Kati tat mir leid, deshalb schlug ich vor, den Nachtisch mit ihr zu teilen. Aber gerade als sie den Löffel in meinen Pudding steckte, rief dieser gemeine Martin vom Nachbartisch: »Tante Gerti, die Heulsuse isst doch Nachtisch.«

Da kam Tante Gerti und nahm Kati und mir den Pudding weg.

Kati weinte wieder.

»Haben meine Eltern schon angerufen?«, fragte ich Tante Gerti. Meine Mutter hatte mir versprochen, jeden Abend anzurufen und zu fragen, wie es mir denn ginge. Natürlich hatte ich nicht gedacht, dass ich mich über ihren Anruf freuen würde, aber jetzt wusste ich es besser. Ich wollte wieder nach Hause, sofort und auf der Stelle. Auch wenn meine Mutter sagen würde: »Ich habe es dir doch gleich gesagt. So ein Ferienheim ist nichts für dich.«

Aber Tante Gerti sagte: »Telefongespräche sind nicht erwünscht. Die Kinder sollen ihren Eltern doch auch mal Zeit geben, sich von ihnen zu erholen.«

Da fing auch ich an zu weinen, und Martin rief: »Die Brillenschlange ist auch noch eine Heulsuse! Na, das kann ja heiter werden.«

Na, und das wurde es auch.

Später erfuhr ich, dass meine Eltern wirklich jeden Abend bei Tante Gerti anriefen, und jeden Abend behauptete Tante Gerti, ich hätte einen Heidenspaß, lebte mich gut ein und hätte schon ganz frische rote Bäckchen bekommen. Letzteres, weil sie mich zwang, Rote-Bete-Saft gegen meinen Eisenmangel zu trinken. Der Rote-Bete-Saft war das Alleraller*aller*ekelhafteste, das ich jemals hinunterschlucken musste.

Natürlich log Tante Gerti meine Eltern an: Ich hatte keinen Spaß. Niemand hatte hier Spaß. Das Ferienheim war eine absolut spaßfreie Zone.

Am zweiten Tag mussten wir alle Postkarten nach Hause schicken, die Tante Gerti uns diktierte.

»Wir spielen hier schön an der frischen Luft, Komma, essen gut und haben Spaß. Punkt«, diktierte Tante Gerti. »Ich habe schon viele Freunde gefunden, Punkt. Viele Grüße von eurer oder eurem und dann der Name.«

»Hier kann man nix spielen, und das Essen schmeckt wie Kuhfladen«, schrieb ich. *»Holt mich hier raus. Viele Grüße, eure*

Kerstin.« Jetzt konnte ich nur noch hoffen, dass die Karte durch die Zensur kam und abwarten. Jede Nacht weinte ich leise in mein nach Schweißfüßen riechendes Kissen. Tagsüber hielt ich die Tränen so gut es ging zurück. Obwohl es mir sehr schwer fiel.

Tante Gerti, Tante Theresa, Tante Anke und Tante Mareike machten Spaziergänge und Spiele mit uns, meist streng getrennt nach Jungs und Mädchen. Wir spielten »Dornröschen war ein schönes Kind« und »Eins, zwei, drei, vier Ochs am Berg«, und wenn man sich anmerken ließ, wie doof man das alles fand, bekam man keinen Nachtisch.

Zum Gelände des Ferienheims gehörte ein Spielplatz mit einer Schaukel, ein paar Turnstangen, einer Tischtennisplatte mit durchhängendem Netz und einem Betonrohr, dessen Nutzen niemandem so recht einleuchtete. Man sollte wohl hindurchkriechen und dabei Spaß haben, aber in dem Betonrohr gab es eine Dauerpfütze, außerdem wohnten dort Spinnen und Ameisen. Es gab auch ein paar Bäume, aber auf die durften nur die Jungs klettern.

»Mädchen fallen da nur runter und tun sich weh«, sagte Tante Anke.

»Mädchen sind überhaupt nur Abschaum«, sagte Martin. Er war der Anführer der Jungs, ein großer, mondgesichtiger Kerl von elf Jahren, der uns Mädchen zankte und pisakte, wann immer er konnte. Mich nannte er immer Brillenschlangenheulsuse, und die kleine Kati nannte er Babyheulsuse. Und keine von den Tanten unternahm etwas dagegen, nicht mal Tante Mareike.

Mitten in der deprimierenden Trostlosigkeit des Spielplatzes stand ein riesiges, nagelneues Trampolin. Wenn es einen in schwindelnde Höhen katapultierte, konnte man einen Augenblick lang vergessen, dass man in Tante Gertis schrecklichem Ferienheim war, und sich stattdessen vorstellen, dass man richtig fliegen konnte. Sich feste abstoßen und losfliegen, am besten gleich bis nach Hause. Ich würde direkt in Mamas Armen landen, und sie würde sagen: »Ich habe doch gleich gesagt, dass so ein Ferienheim nichts für dich ist.«

Leider war das Trampolin sehr begehrt und die persönliche Hüpfzeit daher äußerst begrenzt. Meistens durften die Jungs springen, und Martin bestimmte, in welcher Reihenfolge. Gabi, ich und Kati setzten uns in den morschen Sandkasten und warteten darauf, dass das Trampolin frei wurde.

Während wir warteten, fingen wir an, Sandkuchen zu backen und sie mit Gänseblümchen und Blättern zu verzieren. Daraus entwickelte sich ein spannendes Konditorei-Spiel. Wir hatten richtig Spaß, bis Martin plötzlich vor uns stand.

»Och, was haben wir denn da? Backebackekuchen, die Heulsusen haben gerufen«, sagte er und trat einen Kuchen platt.

»Lass das!«, sagte ich aufgebracht.

»Och, was will die Brillenschlangenheulsuse denn machen? Mich verhauen?«, fragte Martin und trat noch einen Kuchen platt.

Kati fing wieder an zu weinen. Und Gabi zog mich am Ärmel und sagte: »Komm, lass uns gehen. Das Trampolin ist doch jetzt frei.«

Aber ich konnte mich nicht von der Stelle rühren. Da hatten wir endlich mal etwas gefunden, das uns Spaß machte, und jetzt kam dieser mondgesichtige, gemeine Junge und wollte es uns verbieten. Das konnte ich einfach nicht zulassen.

»Geh weg!«, sagte ich zu Martin. »Wir wollen hier in Ruhe spielen.«

»Du hast hier gar nichts zu bestimmen, Brillenschlange«, sagte Martin. Um mir zu zeigen, was er meinte, drehte er sich zu seinen Jungs um. »Alles plattmachen!«, befahl er.

Die Jungs trampelten gehorsam unsere schönen Kuchen platt. Einer trat Kati dabei auf die Hand. Er hieß Ingo und war mir gleich am ersten Tag aufgefallen, weil er ein Gesicht hatte wie Katis Monchichis. Seine Himmelfahrtsnase hätte selbst bei einem Mädchen total übertrieben ausgesehen, und sein Haaransatz spottete jeder Beschreibung. Aber Tante Anke fand Ingo total niedlich. Sie streichelte ihm immerzu über den Kopf und sagte: »Wenn ich mal einen kleinen Jungen habe, muss er genauso aussehen und genauso süß und frech sein wie du.«

Ich wünschte Tante Anke, dass ihr Wunsch in Erfüllung gehen würde.

»Selber schuld, wenn du deine Hand da hintust, wo ich rumlaufe«, sagte Ingo zu Kati.

»Das hast du mit Absicht gemacht!«, sagte ich empört.

Gabi zog wieder an meinem Ärmel. »Komm, wir gehen zum Trampolin.«

»Nix da«, sagte Martin. »Das Trampolin gehört uns.«

»Na, dann geht doch endlich zum Trampolin und lasst uns hier spielen«, sagte ich. Aber Martin dachte gar nicht daran. Er hatte Katis Monchichi entdeckt und hielt ihn an seinen Öhrchen in die Höhe. Kati hörte vor lauter Schreck auf zu weinen.

»Boah, ist der hässlich«, sagte Ingo zu dem Monchichi. Wenn ich nicht so wütend gewesen wäre, hätte ich laut gelacht. Der Monchichi hätte schließlich gut und gern Ingos kleiner Bruder sein können.

»Bitte ..., gib ihn mir wieder«, sagte Kati. »Tu ihm nichts.«

Martin schleuderte den Monchichi in den Sand und trampelte darauf herum. Ingo und die anderen Jungs lachten.

»Du gemeines Mondgesicht«, rief ich, jetzt so wütend, dass meine Stimme ganz piepsig klang. Ich versuchte, Martin beiseitezuschubsen, um den Monchichi zu retten. Aber Martin schubste mich zurück und drückte den Monchichi mit seinem Absatz tief in den Sand.

Kati schluchzte bitterlich, und Gabi sagte: »Das sage ich jetzt aber Tante Gerti!«

»Mach doch, du Petze-Heulsuse«, sagte Martin.

»Gib. Den. Monchichi. Sofort. Zurück«, piepste ich, wobei ich nach jedem Wort nach Luft ringen musste, weil mir die Wut den Atem genommen hatte.

Martin kniff seine Augen zusammen. »Du willst wohl unbedingt Prügel, was, Brillenschlange?«

Das wollte ich natürlich nicht. Ich fürchtete mich vor Prügel, denn ich hatte noch nie welche bekommen, geschweige denn ausgeteilt. Trotzdem sagte ich unerklärlicherweise »Du feiger Erbsenkopf« zu Martin, und Gabi ließ vor Schreck meinen Ärmel los und trat einen Schritt zurück.

»Ingo, mach die Brillenschlange fertig«, sagte der feige Erbsenkopf.

»Haha, du traust dich wohl nicht selber, was?«, wollte ich sagen, aber in derselben Sekunde traf mich auch schon Ingos Gummistiefel. Nichts in meinem bisherigen Leben hatte mich auf den Schmerz vorbereitet, der sich in meinem Körper ausbreitete und mich vorübergehend erblinden ließ. Ich sah nur tanzende rote Flecken vor meinen Augen. Als mein Freund Edgar mir Jahre später von dem Tag erzählte, an dem er auf die Stange seines Herrenfahrrads geknallt war und mit Hodenprellungen ins Krankenhaus eingeliefert werden musste, sagte ich, ich wüsste ganz genau, wie er sich damals gefühlt habe. Nämlich so wie ich, als Ingos Gummistiefel mich zwischen meinen Beinen traf.

Ich weiß nicht, wie lange es dauerte, bis der Schmerz wenigstens ein bisschen nachließ, aber es werden schon einige Sekunden gewesen sein. Sekunden, in denen Ingo fleißig weiter nach mir trat. Aber diese Tritte spürte ich gar nicht. Die roten Schleier vor meinen Augen lüfteten sich, und ich konnte wieder einigermaßen klar sehen. Was ich sah, war Ingos hämisches Monchichigesicht, und was ich fühlte, war pure Mordlust. Ich stürzte mich auf ihn, warf ihn rücklings in den Sandkasten und mich auf ihn drauf, und dann schlug ich auf ihn ein. Tante Gerti sagte meinen Eltern später, ich hätte ihn auch gewürgt, aber daran kann ich mich nicht erinnern. Nur daran, was für ein gutes Gefühl es war, als Blut aus der Himmelfahrtsnase geschossen kam. Und dass Ingo immer »Hilfe! Hilfe!« brüllte, aber niemand ihm half.

Nach einer Weile hörte ich auf, auf Ingo einzudreschen

und stand auf, um stattdessen auf Martin einzudreschen, aber da war Martin schon weggelaufen. Gabi sagt, ich wäre aber auch ein furchteinflößender Anblick gewesen, mit meiner blutbespritzten Brille und den ebenfalls blutverschmierten, zum Kampf erhobenen Fäusten. Es handelte sich dabei allein um Ingos Blut, ich hatte nicht den leisesten Kratzer, nur blaue Flecken, aber die entdeckte ich erst ein paar Tage später.

Martin rannte ins Haus, um Tante Gerti zu holen.

Tante Gerti und all die anderen Tanten waren fassungslos, als sie den armen Ingo im Sandkasten fanden, wo er liegen geblieben war und vor sich hin wimmerte.

Kati, Gabi und ich hatten den richtigen Monchichi aus dem Sand gezogen und vorsichtig gesäubert. Bis auf eine kleine Delle war er unversehrt, was man von Ingo aber leider nicht behaupten konnte.

»Gie hak angehangen«, heulte er und zeigte auf mich, und dabei sah man, dass einer seiner Schneidezähne verschwunden war. Da der Zahn später auch bei gründlichster Durchsuchung des Geländes nicht wieder aufzutreiben war, ist zu vermuten, dass Ingo ihn hinuntergeschluckt hat.

»Das ist nicht wahr«, verteidigten mich Kati und Gabi. »Er hat zuerst getreten.«

»Sie wollte mich aber zuerst totmachen«, heulte Ingo. »Totmachen wollte sie mich!«

Ich nickte. Da gab es nichts zu leugnen. Er hatte recht. Ich hatte ihn umbringen wollen. Ihn und dieses Mondgesicht von Martin gleich mit. Obwohl meine Wut allmählich verrauchte und auch der Schmerz zwischen meinen Beinen nachgelassen hatte, bereute ich nichts.

»Das ist nicht tragbar«, sagte Tante Gerti zu mir. »Eine solche Eskalation von Gewalt kann ich in diesem Heim nicht zulassen.«

Obwohl ich nicht genau verstand, was sie sagte, schöpfte ich Hoffnung. Hieß das, ich durfte nach Hause?

»Das Nasenbein ist gebrochen«, sagte Tante Anke, die mit Taschentüchern an Ingo herumtupfte. »Zweimal!«

»Mein Gott«, sagte Tante Gerti.

»Ich würde es jederzeit noch einmal machen«, sagte ich zu Tante Gerti. Ich hatte keine Angst mehr. Auch nicht vor Tante Gerti.

Tante Gerti erwiderte meinen Blick zuerst angewidert, dann sah ich tatsächlich so etwas wie Furcht in ihren Augen. Sie ging ins Haus, um zu telefonieren. Noch am selben Abend kamen meine Eltern, um mich abzuholen, genau zehn Tage früher als geplant.

»Sie will sich nicht mal entschuldigen«, sagte Tante Gerti, die mich für den Rest des Tages in ihrem Büro eingesperrt hatte, um die Kinder vor mir zu schützen. »Sie zeigt nicht den leisesten Hauch von Schuldbewusstsein. Es tut mir leid, Ihnen das sagen zu müssen, aber ein Kind mit einem derart hohen Gewaltpotenzial ist mir in den ganzen Jahren meines pädagogischen Wirkens noch niemals untergekommen.«

Meine Eltern betrachteten mich voller Staunen. Sie betrachteten auch den zugepflasterten Ingo voller Staunen. Mein Vater schenkte ihm eine Tafel Schokolade.

»Hanke«, sagte Ingo, ohne ihm in die Augen zu schauen.

»Das wäre nun die letzte Gelegenheit, sich zu entschuldigen«, sagte Tante Gerti zu mir.

»Wenn ich du wäre, würde ich keinem Mädchen mehr zwischen die Beine treten«, sagte ich zu Ingo.

»Sehen Sie, was ich meine?« Tante Gerti schnalzte mit ihrer Zunge. Dann brachte sie eine nicht uninteressante Theorie ins Spiel: »Möglicherweise liegt es ja an ihrem Eisenmangel, dass sie so blutrünstig geraten ist.«

»Möglicherweise liegt es auch an diesem Umfeld«, sagte mein Vater, der mein Gepäck aus dem Schlafsaal geholt hatte. »Das sieht ja hier aus wie im Knast.«

»Sie müssen es ja wissen«, sagte Tante Gerti spitz.

Meine Mutter legte einen Arm um mich. »Wir gehen dann jetzt besser. Sag lieb auf Wiedersehen, Kerstin.«

»Auf Wiedersehen«, sagte ich lieb und winkte Gabi und Kati zu. Obwohl meine Mutter mich eilig zur Tür schob und ich es gar nicht erwarten konnte, ins sichere Auto zu gelangen, hatte ich das Gefühl, noch ganz dringend etwas sagen zu müssen. Also blieb ich noch einmal stehen.

»Mädchen können genauso gut auf Bäume klettern wie Jungs!«, sagte ich. »Und man soll seine Unterhosen jeden Tag wechseln! Wegen der Hyäne.«

»Das stimmt«, sagte mein Vater. Er wusste einen guten Abgang immer zu schätzen. Und ob Hyäne oder Hygiene spielte in diesem Zusammenhang wirklich keine Rolle.

Im Auto herrschte erst einmal ein paar Minuten Schweigen. Ich sah mit großer Erleichterung durch die Heckscheibe, wie das Ferienheim immer kleiner wurde und schließlich ganz hinter den Hügeln verschwand.

»Wir hatten dich gewarnt!«, sagte meine Mutter und zog mich ganz fest in ihre Arme. »So ein Ferienheim ist nichts für dich.«

»Ich weiß«, sagte ich, und endlich, endlich konnte ich in Tränen ausbrechen und weinen, ohne dass jemand mich als Heulsuse beschimpfte.

»Mein Gott, war dieser Junge schrecklich zugerichtet«, sagte mein Vater, als ich aufgehört hatte zu weinen und nur noch ab und an ein Schluchzer tief vom Grund meines Zwerchfells nach oben drang.

»Vorher war er aber noch viel hässlicher«, sagte ich. »Ehrlich.«

Meine Eltern tauschten besorgte Blicke, wahrscheinlich fürchteten sie, Tante Gerti könnte am Ende recht haben, was mein Gewaltpotenzial anging. Aber tatsächlich bin ich nie wieder handgreiflich geworden, nicht mal in der Schwangerschaft, als der Eisenwert in meinem Blut in vergleichsweise unendliche Tiefen absackte.

Der Blutrausch, der mich damals überkam, war (bis jetzt jedenfalls) ein einmaliges Vorkommnis.

Neulich hat meine Mutter mein altes Aufsatzheft aus dem vierten Schuljahr wiedergefunden und mir daraus vorgelesen:

»Mein schönstes Ferienerlebnis. Mein schönstes Ferienerlebnis war, als ich dem Ingo die Nase gebrochen habe.«

Und was soll ich Ihnen sagen: Es ist bis heute mein schönstes Ferienerlebnis geblieben.

Nicht ohne meine Katze

oder warum Tierhalter auf Reisen benachteiligt sind

Tierhalter haben, was das Reisen betrifft, ganz klar ein Handicap gegenüber Leuten ohne Tiere. Wer sich Hühner, Papageien, Schildkröten, Schafe, Gänse, Kühe, Schweine und Pferde hält, muss sich schon sehr genau überlegen, wann und wie lange er wegfahren kann, ohne dass seine Tiere Schaden nehmen. Immer muss sich jemand finden, der die Lieblinge/Nützlinge in seiner Abwesenheit füttert, ihren Stall ausmistet, melkt, mit ihnen spricht, das Fell bürstet und sie auch sonst mit allem versorgt, was sie so brauchen.

Hundebesitzer nehmen ihre Tiere ja gerne mit in den Urlaub, denn gerade Hunde leiden sehr, wenn sie nicht bei ihrem Herrchen sein können. Ehe sie freiwillig in ein Hundehotel gehen, lassen sie sich lieber mit Beruhigungstabletten vollstopfen und im Frachtraum eines Flugzeugs abstellen. Außerdem gibt es für Hunde sogar eigene Strände, was man ja von Schweinen oder Schildkröten nicht sagen kann.

Katzen macht es weniger aus als Hunden, mal ein paar Wochen allein zu Hause zu bleiben, vorausgesetzt, sie haben freien Aus- und Eingang durch die Katzenklappe und einen freundlichen Dosenöffner, der ihnen auch die gewünschten Streicheleinheiten zukommen lässt.

Wir haben nur zweimal den Fehler gemacht, eine Katze mit in den Urlaub zu nehmen. Unser Kater Wanja verhielt sich jedes Mal, wenn wir unsere Koffer packten, merkwürdig. Er warf sich zwischen die Klamotten, klaute die Socken und versteckte sie in der Blumenvase, und einmal pinkelte er meiner Mutter, während sie die Handtücher in den Koffer legte, in den Rücken. Es war, als wolle er um jeden Preis verhindern, dass wir abfuhren. Wir zogen daraus den falschen Schluss und dachten, der Kater würde sich freuen, wenn wir ihn in den Urlaub mitnähmen.

Das war aber völliger Kokolores. Wanja hasste das Autofahren. Er hasste Urlaub, und er wollte, dass wir das auch merkten. Wir hofften, dass sich das ohrenbetäubende Miauen geben würde, wenn Wanja sich an das Autofahren gewöhnt hatte, und als wir begriffen, dass er sich niemals daran gewöhnen würde, waren wir schon viel zu weit von zu Hause weg. Bis an die Nordsee jaulte der Kater in den höchsten Tönen. Er pinkelte auch nicht in das Katzenklo, das hinter dem Beifahrersitz stand, sondern daneben, und das gleich dreimal, und als wir in unserem Ferienhaus angekommen waren, kroch er dort unter das Bett und kam vierzehn Tage lang nur zum gelegentlichen Fressen und Pipimachen wieder darunter hervor. Überflüssig zu erwähnen, dass wir uns vor lauter schlechtem Gewissen dem Kater gegenüber kein bisschen erholten. Auf der Rückfahrt schließlich verlegte er sich auf abwechselndes Miauen, Hecheln und Untersichmachen. Als wir endlich wieder zu Hause waren, wo das Tier beleidigt aufs Sofa sprang und sich dort erst einmal gründlich putzte, waren wir absolut urlaubsreif.

Den gleichen Fehler ein zweites Mal zu machen, war schon ziemlich dumm, aber es lagen ein paar Jahre dazwischen, und unsere Tigerkatze Jenny erschien uns mit ihren vier Monaten zu jung, um allein zu Hause zu bleiben. Deshalb nahmen wir sie mit in den Skiurlaub. Und Jenny überraschte uns positiv: Die Autofahrt empfand sie als reinstes Vergnügen, sie turnte über die Sitze, räumte übermütig das Katzenstreu aus und knabberte meinem Vater bei Überholmanövern am Ohrläppchen herum. Und sie liebte Schnee. Wir dachten schon, endlich eine Katze gefunden zu haben, die sich fürs Reisen eignete, zumal sie überhaupt gar nicht mehr abreisen wollte, sondern sich hartnäckig am Teppichboden festkrallte, als wir losmussten.

Nur mit den vereinten Kräften aller Familienmitglieder konnten wir die Katze für die Rückfahrt in ihren Korb zwängen, so gern wollte sie noch bleiben. Auf dem Weg zur Seilbahnstation passierte dann das Unvorhersehbare: Eine Schneeraupe fuhr mit einem Höllenlärm direkt an uns vorbei und versetzte die arme Jenny in Panik. Die Angst setzte ungeahnte Kräfte frei, die Nieten der Lederbänder, mit denen das Gitter am Korb befestigt war, wurden gesprengt. Ehe jemand von uns reagieren konnte, sprang die Katze aus dem Korb und hastete mit langen Sätzen quer über die Alm davon.

Wir hätten sie sicher niemals wiedergefunden, wenn sie nicht Spuren im Schnee hinterlassen hätte, die uns schließlich zu dem Brennholzstapel führten, hinter dem sie sich versteckt hatte. Nur sehr widerwillig ließ sie dort hervorlocken.

Um sicherzustellen, dass die Katze nicht noch einmal

flüchten und vielleicht für immer verschwinden konnte, mussten wir ein geeignetes Transportbehältnis für sie finden. Auf die Schnelle konnten wir nur improvisieren.

Die Leute in der Seilbahn staunten nicht schlecht, als sie den zappelnden, sich windenden Gitarrensack sahen, den wir zu zweit tragen mussten. Dass darin keine Gitarre war, konnte jeder erkennen, zumal mein Vater die echte Gitarre vorsichtig unter dem Arm hielt. Der Gitarrensack versuchte ständig, davonzukrabbeln, er miaute kläglich, und schließlich machte er sogar noch ein kleines Bächlein.

Wir zogen eine Lehre aus unseren Erlebnissen und ließen unsere Katzen fortan zu Hause.

Das Problem ist nur, dass Katzenfreunde zwar sehr gut ohne Katze in den Urlaub fahren können, aber nicht selten mit einer Katze wieder zurückkommen. Vor Ort gibt es nämlich oft genug süße kleine Miezen, die sich nur zu gern adoptieren lassen. Und da hilft es gar nichts, sich vor Augen zu halten, dass man als Tierhalter auf Reisen immer benachteiligt sein wird.

Eine Villa in der Toskana

Dr. Kahl hat eine Villa in der Toskana«, sagte mein Vater. »Mit acht Schlafzimmern, einem Pool und einem Tennisplatz.«

»Wie schön für Dr. Kahl«, sagte meine Mutter.

»Wie schön für *uns*«, sagte mein Vater. »Denn Dr. Kahl will unbedingt, dass wir dort umsonst Urlaub machen.«

Dr. Kahl war Teilhaber und Geschäftsführer einer Firma namens ACTI, und er wollte unbedingt, dass mein Vater Vertriebsleiter bei ACTI wurde. Mein Vater war recht zufrieden als Vertriebsleiter einer anderen Firma, deren Namen sich ebenfalls aus Großbuchstaben zusammensetzte, und er sah keinen Grund, die Stelle zu wechseln. Meine Schwester und ich wollten auch nicht, dass er die Stelle wechselte, und das lag an der Hupe des Firmenwagens, die wir sehr in unser Herz geschlossen hatten. Sie machte nicht »Mööööööök« wie alle anderen Hupen, sondern ein fröhliches und melodiöses »Tatatatatataaaata«. Wenn mein Vater uns zur Schule brachte, musste er zum Abschied immer »Tatatatataaaaaata« hupen, und dann waren alle Kinder neidisch. Niemand konnte uns garantieren, dass der Firmenwagen bei ACTI genau so eine Hupe haben würde.

Dr. Kahl gab so schnell aber nicht auf. Er verabredete

sich einmal in der Woche mit meinem Vater zum Tennisspielen und lobte seine Rückhand ebenso sehr wie seine Fähigkeiten in Mitarbeiterführung. Er bot ihm auch das Du an und nannte ihn »mein Freund«.

»Der will dich doch nur weich klopfen, damit du in seiner Firma anfängst«, sagte meine Mutter.

»Unsinn«, sagte mein Vater. »Dr. Kahl und ich sind Freunde.«

In der Adventszeit schickte Dr. Kahl uns eine riesige Kiste Nürnberger Lebkuchen nach Hause, und meine Schwester und ich waren hellauf begeistert von Dr. Kahl. Vor allem wegen der Dominosteine.

»Der will euch nur weich klopfen«, sagte meine Mutter. »Damit ihr euren Vater überredet, in seiner Firma anzufangen.«

»Unsinn«, sagte mein Vater. »Dr. Kahl wollte den Kindern nur eine Freude machen.«

An ihrem Geburtstag kam mit Fleurop ein Blumenstrauß für meine Mutter. Von Dr. Kahl.

»Der denkt wohl, ich würde dich weich klopfen, damit du in seiner Firma anfängst«, sagte meine Mutter, aber mein Vater sagte: »Unsinn. Er ist nur aufmerksam.«

Und das war Dr. Kahl in der Tat. Es folgten Opernkarten, Einladungen zu eleganten Abendessen, kleine Geschenke für meine Schwester und mich sowie eine Einkaufsberechtigung für den Handelshof. Und das Allerbeste war, dass wir in der Nobelboutique, in der Dr. Kahls Tochter Sabine arbeitete, dreißig Prozent auf alles bekamen.

Die Saat, die Dr. Kahl ausstreute, begann allmählich aufzugehen. Warum sollte mein Vater nicht in der Firma seines guten Freundes Dr. Kahl arbeiten, ehe es ein anderer tat? Wir wären sogar bereit gewesen, auf die Hupe zu verzichten.

Aber dann war meine Mutter plötzlich vehement gegen einen Firmenwechsel.

Der Grund dafür war Dr. Kahls Frau beziehungsweise der Ozelotmantel, den Dr. Kahl seiner Frau zu Weihnachten gekauft hatte.

Meine Mutter war schon eine radikale Gegnerin von Pelzmänteln, als es noch keine Spraydosenattentäter gab und Kürschner noch ein hochangesehener Beruf war. Wegen des Nerzmantels, den meine Oma sich 1969 von ihrem Ersparten kaufte, war meine Mutter auch 1999 noch stinksauer auf meine Oma. Wenn meine Oma ihren Nerzmantel trug, tat meine Mutter immer so, als ob sie meine Oma gar nicht kenne. Einmal sprach sie sie sogar an der Supermarktkasse mit Sie an.

»Wissen Sie, wie viele Tiere für diesen Mantel sterben mussten?«, fragte sie so laut, dass alle Leute es hören konnten.

Und meine Oma antwortete: »Nun mach dir mal nicht ins Hemd, Kind, diese toten Tiere vererbe ich auf jeden Fall deiner Schwester.«

Ozelot war aber noch viel, viel schlimmer als Nerz, sagte meine Mutter. Für den Mantel von Frau Kahl hatten mindestens drei Großkatzen ihr Leben lassen müssen.

Meine Mutter fand, mein Vater könne nicht guten Gewissens für einen Mann arbeiten, der das Abschlachten von vom Aussterben bedrohter Tiere unterstütze, und wenn doch, sagte sie, würde sie sofort die Scheidung einreichen.

Mein Vater, meine Schwester und ich mochten Frau Kahl. Wir fanden sie interessant. Sie hatte so lange Fingernägel, dass sie ihre Hände im Schoß liegen lassen und sich trotzdem am Kinn kratzen konnte. Na ja, fast. Außerdem sprach sie merkwürdig.

»Hoch, wos sönd dos nöttö Mödchön«, sagte sie, als sie meine Schwester und mich das erste Mal sah. »Wö Schnöweußchön und Rosönrot!«

Meine Schwester und ich dachten, Frau Kahl käme aus einem anderen Land und könne unsere Sprache nicht, aber meine Mutter sagte, Frau Kahl hätte einfach nur einen Ratsch im Kappes.

Als sie »Öchtör Ozölot, föhlön Sö mol« sagte, hatte sie bei meiner Mutter ein für allemal verschissen.

»Ich sage immer, mir steht er besser als dieser dicken Katze«, sagte Frau Kahl dann auch noch. (Na ja, eigentlich sagte sie: »Öch sogö ömmör, mör stöht ör bössör ols döser döckön Kotzö«, aber das sieht, so geschrieben, doch ein wenig missverständlich aus.)

»Hast du das gehört?«, zischte meine Mutter meinem Vater zu, und mein Vater nickte: »Ja, das ist ein dicker Hund, was?«

Aber bei diesem Thema verstand meine Mutter keinen Spaß.

Als Frau Kahl beim nächsten Treffen auch noch Robbenstiefel zum Ozelotmantel trug, gab sich meine Mutter keine Mühe mehr, höflich zu sein.

»Für diese Stiefel wurde kleinen Robbenbabys das Fell bei lebendigem Leib abgezogen«, sagte sie zu Frau Kahl.

Frau Kahl zeigte auf das Schweinefilet auf ihrem Teller

und sagte: »Dös Tör löbt och nöcht möhr«, was so viel heißen sollte wie: »Dieses Tier lebt auch nicht mehr.«

Da hatte sie natürlich recht.

»Wir gehen da nicht mehr hin«, sagte meine Mutter aber trotzdem.

Das fanden wir ungerecht. Wir liebten nämlich die Einladungen bei Kahls. Frau Kahl buk fantastische Sahnetorten, denen selbst meine Mutter nicht widerstehen konnte.

Nur Sabine, die Tochter der Kahls, knabberte stattdessen immer Stangensellerie und Möhren. Dabei sah sie nicht so aus wie jemand, der sich von Rohkost ernährt.

»Sie hat gerade mit ihrem Freund Schluss gemacht«, informierte uns Dr. Kahl. »Bei Liebeskummer bekommt man schon mal ein paar Figurprobleme.«

»Dö Sabönö öst nur ön wönög föllögör göwordön«, sagte Frau Kahl. »Meun kleunös Dornröschen!«

Für Frau Kahl waren alle Mädchen Prinzessinnen. Uns nannte sie »Schnöweußchön und Rosönrot«, und das gefiel meiner Schwester und mir, denn meine Mutter hielt nichts von prinzessinnenhaftem Gehabe.

Obwohl Dornröschen-Sabine in der Nobelboutique bereits ihr eigenes Geld verdiente, wohnte sie noch zu Hause. An ihrer Stelle wäre ich aber auch nicht freiwillig ausgezogen: Sie hatte ein Zimmer so groß wie ein Ballsaal, mit einem Himmelbett wie aus einem Märchenbuch und einem eigenen Bad.

Und sie war so nett. Meiner Schwester schenkte sie schöne Jeans und mir ihre alten Barbiepuppen.

Kein Wunder also, dass uns die Bekanntschaft mit den Kahls alles in allem nur vorteilhaft erschien. Aber meine

Mutter war zu keinem Kompromiss bereit. Mit Leuten, die sich einen Ozelotpelz umhingen, wollte sie nichts zu tun haben. Und wehe, mein Vater zog auch nur in Erwägung, für einen Ozelotmörder zu arbeiten!

»Vielleicht kann man ja Pelze tragen und trotzdem ein guter Mensch sein«, gab mein Vater zu bedenken.

Meine Mutter hielt das für ausgeschlossen. »Euch können sie vielleicht weich klopfen, aber ich lasse mich nicht täuschen«, sagte sie. Die nächsten Einladungen bei den Kahls umging sie zu unserer großen Enttäuschung mit lahmen Ausreden, täuschte Elternabende, Verwandtschaftsbesuche, Goldene Hochzeiten und Kinderkrankheiten vor, um sich nicht mit den Robbenbabymördern unter einem Dach aufhalten zu müssen.

Aber Dr. Kahl ließ nicht locker. Er wollte meinen Vater als Freund nicht verlieren. Und er wollte ihn unbedingt als Vertriebsleiter für ACTI haben.

Als letzten Trumpf zog er schließlich seine Villa in der Toskana aus dem Ärmel.

»Ein altes Gutshaus aus dem 17. Jahrhundert, traumhaft renoviert«, sagte mein Vater. »In den Hügeln, eine halbe Stunde nördlich von Florenz, mit weitem Blick über die Landschaft.«

Zum ersten Mal schwankte meine Mutter.

Ein Urlaub in Italien war schon als solcher sehr verführerisch, dazu kam, dass unsere Sommerferienpläne kurzfristig geplatzt waren. Die Wirtin der Pension, in der wir Zimmer gebucht hatten, war gestorben und die Pension für den Sommer geschlossen worden. Verglichen mit Wanderurlaub im Kleinwalsertal erschien meiner Schwester und mir eine Poolvilla im Süden wie ein Hauptgewinn im Lotto.

Und meine Mutter träumte schon länger von Florenz.

»Aber es geht nicht«, seufzte sie. »Sonst fühlt euer Vater sich Dr. Ozelot am Ende noch verpflichtet.«

»Aber nein!«, sagte mein Vater. »Dr. Kahl und ich sind nur Freunde, weiter nichts. Wenn ich ein Ferienhaus hätte, dürfte er dort auch umsonst wohnen.«

Meine Mutter erwog das Für und Wider.

»Und wenn wir doch etwas zahlen?«, schlug sie schließlich vor. »Es reicht ja, wenn er uns einen Sonderpreis macht.«

Davon wollte Dr. Kahl zunächst nichts hören, aber schließlich verstand er, dass es eine Frage der Ehre war und stellte meinem Vater zehn Mark pro Person und Tag in Rechnung. Das war immer noch sensationell günstig für eine Villa mit acht Schlafzimmern, einem Tennisplatz und einem Pool, aber damit konnte meine Mutter ihr Gesicht wahren und über ihren Schatten springen.

Mein Vater musste ihr außerdem beim Leben seiner Mutter schwören, dass der Sonderpreis kein Grund war, sich bei Dr. Kahl und ACTI als Vertriebsleiter zu verpflichten. Dann erst durften wir uns auf den Urlaub freuen. Und das taten wir.

Auch meine Mutter freute sich, obwohl sie immer noch einen Haken hinter der ganzen Sache vermutete. Sie hatte sich einen Reiseführer über die Toskana gekauft und erzählte uns auf der Fahrt alles Mögliche über die Medici und warum der Schiefe Turm von Pisa schief war. Sie konnte es gar nicht abwarten, endlich die Uffizien zu sehen. Meine

Schwester und ich konnten es nicht abwarten, uns in den Pool zu stürzen. Und mein Vater freute sich auf den Tennisplatz. Dr. Kahl hatte meinem Vater Fotos von der Villa mitgegeben, und was man auf diesen Fotos sehen konnte, übertraf unsere kühnsten Erwartungen.

»Es könnte *höchstens* noch in den Zimmern böse Überraschungen geben«, sagte meine Mutter, als wir fast da waren. »Mit echtem Ozelot überzogene Sessel oder Bettüberwürfe aus Silberfuchs.«

»Das tun wir dann einfach alles so lange in die Garage«, sagte mein Vater. »Und jetzt hör auf, nach dem Haken an der Sache zu suchen – es gibt nämlich keinen.«

Als wir die Kieseinfahrt zu dem in der Abendsonne leuchtenden, prächtigen Anwesen hinauffuhren, sahen wir aber sofort, dass es doch einen Haken gab. Er kam uns in Gestalt der Familie Kahl höchstpersönlich entgegengelaufen. Dr. Kahl, Frau Kahl und die noch fülliger gewordene Sabine strahlten über das ganze Gesicht.

Dr. Kahl umarmte meinen verblüfften Vater, seine Frau küsste meine versteinerte Mutter auf beide Wangen. »Do seud öhr jo öndlöch! Hörzlöch Wöllkommön ön dör Völlo Onnöttö!«

Die Villa Onöttö – auf Hochdeutsch: Annette – war das allerschönste Haus, das ich bis dahin jemals betreten hatte. Ein Haus ohne jeden Makel – wenn man mal von der Anwesenheit der Kahls absah. Dr. Kahl hatte vergessen, meinem Vater zu sagen, dass er und seine Familie in der gleichen Zeit dort Urlaub machen wollten. Vielleicht hatte er es auch nicht vergessen, sondern als selbstverständlich vorausgesetzt.

Meine Mutter wollte sofort wieder abreisen, aber das hätte wirklich sehr unhöflich ausgesehen. Zumal die Villa Annette reichlich Platz für beide Familien bot. Das Schlafzimmer, das meine Schwester und ich bezogen, war größer als unsere Zimmer zu Hause, und es hatte ein breites Himmelbett mit weiß geblümten Vorhängen, dessen Anblick mich vor Entzücken aufquieken ließ. Und erst die Aussicht!

Schneeweißchen und Rosenrot wollten hier auf keinen Fall wieder weg.

Im Zimmer meiner Eltern gab es heftige Diskussionen, wenn auch nur geflüsterte.

»Wir sagen, deine Mutter wäre krank, und wir müssten wieder abreisen!«, flüsterte meine Mutter.

»Das könnte dir so passen!«, flüsterte mein Vater.

»Von mir aus nehmen wir auch meine Mutter«, flüsterte meine Mutter. »Wir können unmöglich hierbleiben. Mit diesen Ozelotmördern unter einem Dach.«

»Es ist Sommer, da trägt sie keinen Pelz«, flüsterte mein Vater. »Kannst du dich denn nicht einfach mit der Situation arrangieren? Schon der Kinder zuliebe?«

»Ja, *bitte,* Mama«, flüsterten meine Schwester und ich. Der Pool war ungelogen vierzehn Meter lang. »Uns zuliebe.«

»Du kannst nicht so egoistisch sein«, sagte mein Vater.

»Na gut«, sagte meine Mutter. »Auch wenn ich dadurch zum Verräter an den armen Tieren werde.«

Zunächst ging alles gut. Meine Schwester, Sabine und ich verstanden uns prächtig, der Pool war herrlich, das Wetter wunderbar, und meine Eltern und die Kahls spielten auf dem hauseigenen Tennisplatz gemischte Doppel. Die Ausflüge nach Florenz und Siena waren selbst für uns Kinder hochinteressant, zumal sich herausstellte, dass Frau Kahl sehr belesen war und eine Menge pikante Dinge über das Leben der »Mödötschö« zu berichten wusste, lauter Dinge, die nicht im Reiseführer standen.

Selbst die gemeinsamen Abendessen liefen entspannt ab, was nicht zuletzt am vielen italienischen Rotwein lag, den die Erwachsenen konsumierten. Mein Vater passte höllisch auf, dass niemand etwas sagte, das die gute Stimmung trüben konnte. Er war ein Meister im Themenwechseln. Kam das Gespräch zum Beispiel auf Tiere im Allgemeinen, regte er mit einem Umweg über die Gemsen eine Diskussion über den Rückgang der Alpengletscher an, damit das Gespräch nicht etwa von den Tieren im Allgemeinen zu Pelztieren im Besonderen abrutschen konnte.

Meistens unterhielten sie sich aber sowieso über andere Dinge.

Selbst meine Mutter musste sich ab und zu mit Gewalt die toten Ozelots ins Gedächtnis rufen, um meinen Vater daran erinnern zu können, sich bloß nicht wegen der Vertriebsleiterstelle bei ACTI weich klopfen zu lassen.

Frau Kahl bestand darauf, jeden Abend zu kochen, weil es ihr eine »Rösönfreudö« war. Diese Freude wollten wir ihr natürlich nicht verderben. Für Sabine kochte Frau Kahl Brigitte-Diät. Aber die half nichts.

Seit unserem letzten Besuch war Sabine noch um einiges dicker geworden, und das bekümmerte Frau Kahl sehr. Sie konnte es sich einfach nicht erklären – die Gene konnten es schon mal nicht sein, denn alle in der Familie Kahl waren schlank.

Sabine selber schaute immer peinlich berührt auf ihren Teller, wenn über ihre Figur gesprochen wurde. Sie aß wirklich nicht besonders viel, und was sie aß, war gesund und kalorienarm, weswegen ich Frau Kahls Besorgnis durchaus verstehen konnte. Sie sagte, nach den Ferien müsse sie mit Sabine zum Arzt, um ihre Schilddrüse untersuchen zu lassen. Und wenn damit alles in Ordnung wäre, müsse das Mädchen eben zu einer Abmagerungskur geschickt werden, da dürften keine Kosten gescheut werden. Ein dickes Mädchen sei immer auch ein unglückliches Mädchen.

Weil Sabine das Thema offensichtlich unangenehm war, wechselte mein Vater es freundlicherweise, indem er alle Anwesenden auf den wunderbaren Sternenhimmel samt Sternschnuppen hinwies und nach unseren Träumen und Wünschen fragte.

Er selber, sagte er, wünsche sich noch viele solch schöne Urlaube wie diesen.

Meine Mutter sagte, sie träume von einer Welt ohne Kriege.

Ich sagte, dass ich von genau so einem Himmelbett träumte, wie es in unserem Zimmer stand.

Meine Schwester wünschte sich, dass meine Mutter niemals herausfand, dass meine Schwester den Blauen Brief von der Schule abgefangen und die Unterschrift gefälscht hatte. Aber das sagte sie nicht laut.

Dr. Kahl sagte, er träume davon, dass ACTI Marktführer werde, was mit dem richtigen Vertriebsleiter durchaus gelingen könne. An dieser Stelle warf er meinem Vater einen schmachtenden Blick zu.

Sabine sagte, sie wünsche sich mehr Verständnis unter den Menschen.

Und dann war Frau Kahl an der Reihe. Sie sagte, sie wünschte sich im Leben nichts sehnlicher als einen Leopardenmantel mit passender Kappe.

Obwohl mein Vater sofort ein Ablenkungsmanöver startete, indem er sein Weinglas umkippte, war die verträumte Sternschnuppen-Stimmung dahin. Zornig funkelten die Augen meiner Mutter im Kerzenlicht.

»Leoparden?«, rief sie aus. »Ausgerechnet Leoparden!«

»Ös göbt nöchts Schönörös«, versicherte Frau Kahl.

»Ja, wenn sie noch leben!«, rief meine Mutter. »Aber doch nicht am Mantel!«

Frau Kahl sagte, Geschmäcker seien eben verschieden.

»Ich glaube, da hinten habe ich eine Eule gesehen«, sagte mein Vater.

»Ich glaube, deine Mutter ist gerade schwer krank geworden«, sagte meine Mutter und kniff ihre Lippen zusammen. »Ich gehe und packe schon mal die Sachen.«

»Ohne Zweifel ist das die größte Eule, die ich je gesehen habe«, sagte mein Vater.

Dr. Kahl sagte, Pelze seien nun mal eine Leidenschaft seiner Frau.

»Nur meune Tochtör öst mör wöchtöger«, stimmte Frau Kahl zu.

Da ließ meine Mutter ihren Hintern, den sie bereits vom Stuhl gelüftet hatte, wieder zurücksinken. Ihr war offenbar eine Idee gekommen, wie sie die Leoparden vor Frau Kahl beschützen konnte.

Sie beugte sich zu ihr herüber.

»Was würdest du dafür geben, wenn ich dir sagte, wie deine Tochter ihr Idealgewicht wieder erreichen kann?«, fragte sie.

»Dö meunst Göld?«

»Nein«, sagte meine Mutter. »Ich meine, zu welchem Opfer wärst du bereit, wenn ich dir verriete, wie deine Tochter garantiert wieder schlank wird?«

»Gorontört?« Frau Kahl warf einen Blick auf ihre dicke Tochter. »Zu jödöm Opför«, versicherte sie leidenschaftlich.

»Würdest du dafür auch auf den Leopardenmantel verzichten?«, fragte meine Mutter.

»Um Gottös Wöllön, jo«, sagte Frau Kahl.

»Dann mache ich dir einen Vorschlag«, sagte meine Mutter.

»Kann es sein, dass wir heute eine Mondfinsternis haben?«, startete mein Vater einen neuen Ablenkungsversuch.

Aber meine Mutter sprach unbeirrt weiter. »Ich verrate dir, wie deine Tochter ihr altes Gewicht wieder zurückbekommt, und du versprichst mir im Gegenzug, keinen Pelzmantel mehr zu kaufen.«

»Nö möhr?«, fragte Frau Kahl.

»Nie mehr«, sagte meine Mutter. »Dieses Opfer musst du schon bringen. Und zwar schriftlich. Beim Leben deines Mannes.«

»Na, na, na«, sagte Dr. Kahl. »Jetzt gehst du aber ein bisschen weit.«

»Eine Mondfinsternis kommt nur alle sechzig Jahre mal vor«, sagte mein Vater. »Es wäre doch dumm, sie einfach zu verpassen.«

»Nöcht mol eunön Rotfuchs?«, fragte Frau Kahl.

»Kein Fuchs, kein Nerz, keine Robbe, kein Kaninchen«, sagte meine Mutter.

»Olso gut«, sagte Frau Kahl. Sie wollte unbedingt hinter das Geheimnis der Wunderdiät kommen. Meine Mutter ließ sie feierlich schwören, niemals wieder einen Modeartikel aus Pelz oder mit Pelz zu erwerben.

»Öch schwörö«, sagte Frau Kahl und seufzte dabei schwer. »Und wö wörd meune Söbönö jötzt wödör schlonk?«

»Ganz einfach«, sagte meine Mutter. »Sie muss nur erst dieses Baby bekommen.«

Am Tisch hätte man eine Stecknadel fallen gehört, so still war es plötzlich. Ein Blick auf Sabine genügte, um zu sehen, dass meine Mutter ins Schwarze getroffen hatte. Sabine war nicht dick, sondern einfach nur schwanger.

»Ich schätze, in acht bis zehn Wochen ist es soweit«, fuhr meine Mutter fort. »Und wenn sie stillt, wird sich ihr Gewicht ganz automatisch reduzieren. So war das bei mir auch immer.«

Es war entsetzlich.

Frau Kahl stotterte fassungslos Sätze mit vielen Ös, die keiner verstand, Sabine wiederholte, dass sie sich mehr Verständnis unter den Menschen wünsche, und Dr. Kahl ließ seinen Kopf vornüber auf die Tischplatte kippen.

»Ich hätte es euch schon noch erzählt«, sagte Sabine. »Ich habe nur auf den richtigen Zeitpunkt gewartet, damit ihr keinen Schock erleiden müsst.«

Jetzt begann die ganze Familie zu weinen, auch Dr. Kahl.

»Was hast du dir denn dabei nur gedacht?«, flüsterte mein Vater meiner Mutter zu.

»Ich habe an die Leoparden gedacht«, sagte meine Mutter, sah aber ein wenig beschämt aus.

Frau Kahl nahm Sabine in ihre Arme und sagte, dass sie doch niemals Diät gekocht hätte, wenn sie gewusst hätte, dass Sabine schwanger sei. Eine Diät sei doch für das Baby schädlich. Und Sabine versicherte ihr unter Tränen, sie müsse sich keine Sorgen machen, denn sie habe ein heimliches Folsäurekapsel- und Müsliriegellager unter ihrem Bett, weshalb die Diät auch nicht angeschlagen habe und das Baby sich bester Gesundheit erfreue.

»Du klugös Mödchön!«, sagte Frau Kahl und streichelte Sabine. »Meun schwongörös Dornröschen!«

Dr. Kahls Kopf lag immer noch auf der Tischplatte.

»Ich wollte nicht, dass du dir Sorgen machst«, sagte Sabine. »Wo du doch schon so große Sorgen wegen der Firma hast.«

»Schäm dich«, sagte mein Vater zu meiner Mutter.

»Früher oder später hätten sie es sowieso gemerkt«, sagte meine Mutter. »Und ich habe es nur wegen der Leoparden getan.«

Frau Kahl sagte, dass meine Mutter unter diesen Umständen ihre Vereinbarung, die Enthaltsamkeit von Pelzen jeglicher Art betreffend, vergessen könne. Schließlich sei die Tatsache, dass Sabine von ganz allein wieder schlank würde, kein umwälzender Diätgeheimtipp. Und eine Garantie gebe es schon gar nicht.

Im Klartext hieß das wohl, dass sie sich ihren Traum vom Leopardenmantel mit passender Kappe erfüllen würde.

»Wenn das so ist, müssen wir leider abreisen«, sagte meine Mutter. »So leid mir das auch tut, aber unter diesen

Bedingungen kann ich nicht länger eure Gastfreundschaft in Anspruch nehmen.«

»Bitte nicht«, röchelte Dr. Kahl auf der Tischplatte. »Unsere Freundschaft darf doch nicht wegen eines *Leopardenmantels* in die Brüche gehen.«

»Ich bin sicher, dass die Leoparden dazu eine andere Meinung haben«, sagte meine Mutter. »Kommt, Kinder, wir müssen Koffer packen.«

Da startete mein Vater ein allerletztes Ablenkungsmanöver. Er sagte: »Ich habe mir überlegt, zum 1.10. bei ACTI als Vertriebsleiter anzufangen.«

Dr. Kahl hob ungläubig den Kopf. »Was? So plötzlich?«

»Wenn du *das* tust …«, sagte meine Mutter.

»Ich tu's«, sagte mein Vater. »Aber nur unter zwei Bedingungen.«

»Alles, was du willst, mein Freund«, sagte Dr. Kahl und richtete sich, erfüllt mit neuem Lebensmut, wieder auf.

»Erstens: Deine Frau muss einen Vertrag unterschreiben, in welchem sie sich verpflichtet, nie mehr einen Pelz zu kaufen«, sagte mein Vater. »Und zweitens muss mein Firmenwagen genau so eine Hupe haben wie der jetzige.«

Dr. Kahl sah seine Frau an. Sie seufzte, aber sie nickte.

»Einverstanden«, sagte Dr. Kahl und strahlte wieder über das ganze Gesicht. »Was für ein Tag! Ich werde Opa, und meine Firma bekommt den besten Vertriebsleiter! Das müssen wir feiern.«

Meine Mutter gab meinem Vater einen Kuss. »Damit hast du mindestens drei Leoparden das Leben gerettet«, sagte sie.

»Fünf«, sagte Frau Kahl.

Mit meinem Vater als Vertriebsleiter wurde ACTI ein Jahr später tatsächlich Marktführer. Und Frau Kahl hielt ihr Versprechen und kaufte nie wieder einen Pelz. Dafür ging sie ganz in der Rolle der liebevollen Oma auf.

Den Ozelot verkaufte sie übrigens ein paar Jahre später an einen Secondhandladen, und den Gewinn spendete sie dem World Wildlife Fund.

Seit neustem haben Kahls sogar eine Perserkatze namens Miffy, und sie fanden es gar nicht lustig, als meine Mutter sagte: »Miffy gibt bestimmt mal einen prima Muff ab.«

Gebratenes Affenhirn

oder wovon man seinen Enkeln noch berichten kann

In einer Familie gibt es neben *Mürren, Riva* und *Tante Sannchens Bademantel* immer auch spannende und kuriose Geschichten, die mit jedem Mal, wenn man sie erzählt, spannender und kurioser werden. Ich, zum Beispiel, hing in den Alpen bei Sturm mal in einer Gondelbahn fest, ein Sturm, der mit den Jahren immer heftiger und schließlich zum Orkan wurde. Es ist wohl wahr, dass wir einen Tag lang in der heftig schaukelnden Gondel gesessen und um unser Leben gebangt haben, aber es stimmt nicht, dass eine andere Gondel, die vor uns, am Pfeiler zerschmettert wurde. Trotzdem gibt es der Geschichte eine gewisse Würze. Wahr ist auch, dass ein Mitfahrer versuchte, aus dem Fenster zu pinkeln und der Sturm ihm das ganze Pipi ins Gesicht blies, unwahr ist, dass wir bereits angefangen hatten zu losen, wen von uns wir als Erstes schlachten und aufessen würden. Aber meine Version der Geschichte ist natürlich ungleich spannender. Eine solche Geschichte erzählt man dann auch gern mal öfter.

Ich finde, man hat seinen Kindern und Kindeskindern gegenüber geradezu die Verpflichtung, für das Vorhandensein solcher Urlaubsmythen zu sorgen. Dieses familieninterne Seemannsgarn gehört nämlich genau so zu einer

Familie wie die gemeinsamen Gene, Weihnachtsfeiern und Fotoalben.

Also scheuen Sie sich nicht, ihre Urlaubserlebnisse ein wenig aufzupeppen.

Schon mein Großvater wusste uns Kinder mit seinen Berichten über Afrika zu faszinieren. Ob er wirklich gebratenes Affenhirn gegessen hat, während er meiner Oma einen Heiratsantrag machte, spielt dabei keine Rolle. Es ist einfach eine wunderbare, romantische Geschichte.

Und wir brauchen solche wunderbaren, romantischen und auch aufregenden Geschichten. Wie viel besser können wir selber Wunderbares, Romantisches und Aufregendes erleben, wenn wir wissen, dass das sozusagen in der Familie liegt!

Wenn mein Sohn mich irgendwann mal fragt, wie sein Vater mir einen Heiratsantrag gemacht hat, möchte ich nicht sagen müssen: »Ach weißt du, Schatz, das war oben im Badezimmer. Ich habe mir gerade die Zähne geputzt, und dein Vater hat sich die Fußnägel geschnitten. Dabei hat er gesagt: *Ich glaube, es wäre klug, in diesem Jahr noch zu heiraten.*« Die Enttäuschung wäre doch wohl vorprogrammiert.

Stattdessen werde ich sagen: »Das war auf Sardinien, an der Costa Paradiso. Dein Vater ruderte bei Sonnenuntergang mit mir aufs Meer hinaus, und dort überreichte er mir einen Ring und fragte, ob ich seine Frau werden wolle. Genau in dem Augenblick, in dem ich »Ja« sagte und dein Vater mir den Ring auf den Finger steckte, sprang ein Delphin neben uns aus dem Wasser. Er war höchstens zwei Meter vom Boot entfernt, und er lächelte uns an, bevor er wieder in den Wellen verschwand.«

Das ist eine Geschichte, die man seinen Kindern getrost erzählen kann.

Es geht hierbei nicht um gezielte Lügen, sondern um dramaturgische und inhaltliche Verbesserungen des tatsächlich Erlebten. Mein Vater zum Beispiel ist auf den Philippinen tatsächlich mal mit einem Katamaran gekentert, aber ob das nun wirklich so weit weg von der Küste und ausgerechnet in einem von Haien verseuchten Meeresabschnitt passiert ist, könnte ein Wahrheitsfanatiker anzweifeln. Auch dass die beiden einheimischen Skipper nicht schwimmen konnten, erscheint ein wenig übertrieben. Aber gute Geschichten leben eben auch vom Zusammentreffen seltsamer Zufälle. Wenn man schon ein Abenteuer überlebt, dann darf es ruhig um Haaresbreite geschehen.

Und natürlich muss man das Potenzial einer Geschichte richtig einzuschätzen wissen. Manchmal macht sie nämlich auf den ersten Blick gar nicht viel her.

Ausgerechnet in unserem Wanderurlaub im Tessin bekam Frank so schlimme Rückenschmerzen, dass er sich hinlegte und nicht mehr aufstehen konnte. Aus Erfahrung wusste ich, dass ihm in diesem Fall nur mit einer massiven Wärmebehandlung geholfen werden konnte, und deshalb ging ich zu unserer Zimmerwirtin und lieh mir von ihr ein Bügeleisen aus. Kombiniert mit Kompressen aus feuchten Handtüchern ist die Bügeleisenmethode wirkungsvoller als jede Wärmflasche oder ein ABC-Pflaster, vorausgesetzt, man lässt die entsprechende Vorsicht walten. Natürlich konnte die Zimmerwirtin nicht ahnen, wozu ich das Bügeleisen brauchte. Sie vermutete, dass ich ein Hemd damit bügeln wollte, und als sie in unser Zimmer platzte, um mir anzubieten, dazu doch auch ihr Bügelbrett zu benutzen, blieb ihr der Mund offen stehen.

Der Anblick, wie ich mich über meinen am Boden liegenden Mann beugte und ihm das dampfende Bügeleisen auf den Rücken drückte, mag für einen Außenstehenden möglicherweise tatsächlich ein wenig befremdlich gewirkt haben. Aber anstatt sich unsere Erklärungen anzuhören, rannte die Wirtin mit vor Schreck weit aufgerissenen Augen aus dem Zimmer, wobei sie sich mehrfach bekreuzigte. Für den Rest unseres Aufenthaltes vermied sie es konsequent, uns ins Gesicht zu schauen.

An den seltsamen Blicken der anderen Pensionsgäste erkannte ich, dass sich die Tatsache, dass ich meinen Mann gebügelt hatte, herumgesprochen haben musste. Sie guckten irgendwie alle merkwürdig.

Frank, der dank der Bügeleisenbehandlung wieder völlig schmerzfrei herumspazierte, meinte zunächst, das bilde ich mir nur ein. Aber dann hörte auch er, wie der Mann am Nachbartisch seiner Freundin zuflüsterte: »Das ist das Sado-Maso-Ehepaar, von dem ich dir erzählt habe. Sie treiben es mit einem *Bügeleisen.*«

Überflüssig zu sagen, dass wir diesen Ort niemals wieder besucht haben. Aber immerhin haben wir jetzt etwas, wovon wir unseren Enkelkindern noch erzählen können.

Die gefährlichste aller Weltanschauungen ist die Weltanschauung der Leute, welche die Welt nicht angeschaut haben.

(Alexander von Humboldt)

Liebe Frau Gier,
gerade erst haben wir erfahren, dass Sie für diesen Sommer ein Ferienhaus in der Nähe von Pompei gebucht haben. Vielleicht ist Ihnen entgangen, dass der Vesuv immer noch aktiv ist und sich im Augenblick in einer eher kritischen Phase befindet. Die Region würde bei einem Ausbruch erheblichen Schaden erleiden. Im Interesse der Sicherheit unserer Bewohner bitten wir Sie daher um Verständnis, dass wir Sie in nächster Zeit nicht nach Italien einreisen lassen können. Warum schicken Sie nicht einfach Ihre Schwester?
Mit freundlichen Grüßen
Ihr Leonardo Capitani
Amt für Katastrophenschutz, Neapel

Kerstin Gier
Eulenweg 24

51515 Kürbis

Reisen ist, in jedem Augenblick geboren werden und sterben

Touristen sind Reisende, die ihren Besitz verbrauchen, um sich den Besitz anderer anzusehen.

(Ernst Heimeran)

Viel zu spät begreifen viele die versäumten Lebensziele:
Freude, Schönheit der Natur, Gesundheit, Reisen und Kultur.
Darum, Mensch, sei zeitig weise.
Höchste Zeit ist's: Reise, reise!
(Wilhelm Busch)

Erst such dir einen Gefährten,
dann erst begib dich auf Reisen.
(Unbekannt)

Sechzig Kilo Steine

– und was bringen Sie so aus dem Urlaub mit?

Meine Oma sammelte die bereits beschriebenen Aschenbecher vom Urlaubsort, mein Mann kauft Käse, Vivi sammelt Muscheln und Vogelfedern, Edgar Verkehrsschilder, und einer meiner Exfreunde musste überall, wo er Urlaub machte, mindestens eine Pfeffermühle klauen.

Im Grunde ist es ja verständlich: Wenn wir doch schon so bald wieder abreisen müssen, dann wollen wir doch wenigstens irgendetwas mitnehmen, was uns zu Hause an den Urlaub erinnert.

Ich, zum Beispiel, sammele Steine von unterwegs. Ich kann nicht an ihnen vorbeigehen, vor allem von der Natur im Laufe der Jahre rundgeschliffene Steine faszinieren mich. Ich habe hübsche rot-schwarz marmorierte Kiesel aus Korsika, grün schimmernde aus Sardinien, mattgraue aus der Ardêche, sie liegen in dekorativen Häufchen in meinem Garten verteilt herum. So weit, so gut. Schwierigkeiten bekam ich erst, als ich mich in die Gesteinsbrocken des kleinen Zuflusses der Rhône verliebte, der direkt an unserem Parkplatz vorbeifloss. Sie wiesen alle Schattierungen von Grau auf und waren so perfekt in ihrer weichen, fließenden Form, dass ich meinem Mann sagte, ich würde erst wieder weiterfahren, wenn wir mindestens einen davon für unseren Gartenteich zu Hause eingeladen hätten.

Frank fand die Steine ebenfalls wunderschön, aber er sagte, sie passten nicht in unser Auto.

Ich sagte, ich würde lieber einen Koffer hierlassen, als keinen Stein mitzunehmen.

»Na gut«, sagte Frank. »Aber nur einen ganz kleinen. Und wenn sie uns an der Grenze wegen Diebstahls von Schweizer Originalgestein verhaften, dann nimmst du das Ganze auf deine Kappe, klar?«

»Ja«, sagte ich. Ich war bereit, für diesen Stein ins Gefängnis zu gehen.

Der kleinste Stein, den Frank ausmachen konnte, wog schätzungsweise so viel wie ich. Er war nur nicht so handlich wie ich. Wir wuchteten ihn mit vereinten Kräften aus dem Flussbett und rollten ihn zum Parkplatz. Dabei bekamen wir alle beide nasse Füße und die Vorstufe zu einem Bandscheibenvorfall. Es war mir egal. Als wir das Ding in den Kofferraum gehoben hatten, lag das Auto gut zehn Zentimeter tiefer. Das wiederum führte dazu, dass wir beim Auffahren auf den Autozug durch den Lötschbergtunnel mit der Ölwanne aufsetzten und beim Hinunterfahren mit dem Auspuff, und das ziemlich heftig. Die ganze Strecke bis nach Hause machte der Auspuff einen fürchterlichen Lärm und klapperte zum Gotterbarmen, aber erst, als wir in unsere Einfahrt bogen, fiel er ab.

»Ein Wunder«, sagte ich zu Frank. »Selbst der Auspuff wollte, dass dieser Stein es bis zu uns nach Hause schafft.«

»Du hast sie nicht mehr alle«, sagte Frank.

Aber ich bin nicht verrückter als andere auch. Unser gemeinsamer Freund Jens zum Beispiel sammelte Sand von allen Stränden dieser Welt. Er füllte ihn in leere Plastikflaschen und schrieb den Namen des Fundortes vorne drauf. Bei jeder Gelegenheit zeigte er den schwarzen Sand von La Gomera, den roten von Hawaii, den weißen von Sylt und den grünen von Werweißwo vor und langweilte alle ganz schrecklich mit seinen Vorträgen über Sandkornquerschnitte und Quarzanteile. Jens hatte so viele Flaschen mit Sand zusammengesammelt, dass er ihnen schließlich einen eigenen Schrank kaufen musste.

Vor drei Jahren, als Frank, ich und unser Sohn nach langer Zeit mal wieder bei Jens, seiner Frau Hilly und ihrem Sohn Marvin eingeladen waren, hatte Jens seine Sandbesessenheit noch gesteigert. Er hatte sich gerade bei *Wetten dass* angemeldet, weil er fünfundsiebzig verschiedene Sorten feinkörnigen Sandes mit geschlossenen Augen zu unterscheiden vermochte, indem er sie in Espandrilles Probe lief.

»Wetten dass!«, rief Jens zu vorgerückter Stunde und wollte uns eine Kostprobe geben. Aber dazu kam es nicht mehr, denn während wir Kaffee getrunken und Hillys Apfelkuchen gegessen hatten, waren Marvin und unser Sohn auf die Idee gekommen, Marvins Sandkasten ein wenig aufzufüllen. Sie hatten jede einzelne Flasche bis auf das letzte Sandkorn in den Sandkasten geleert und mit einem Rechen schön glatt gestrichen. Nun vereinten sich dort die Sandkörner aller Welt, Farbschattierungen und Querschnitte zu einem äußerlich doch recht unspektakulären Sandhaufen.

»Mein Lebenswerk – futsch!« Jens ging, amrumsandbleich im Gesicht, vor dem Sandkasten in die Knie, und wir schnappten uns unser Kind und verabschiedeten uns eilig. Seitdem haben wir nichts mehr voneinander gehört. Von der albernen Idee, Jens einen anonymen Brief zu schreiben und ihn darauf hinzuweisen, dass er doch von nun an einfach leere Plastikflaschen sammeln könnte, nahmen wir auch wieder Abstand. Wenn jemand am Boden liegt, muss man ja nicht noch nachtreten.

Kleider machen Leute

oder nicht überall, wo Schlampe draufsteht, ist auch eine drin

So ungefähr mit Mitte zwanzig begriffen meine Freundinnen und ich allmählich, dass man als Mädchen besser durchs Leben kommt, wenn man nicht nett ist. Nur leider half uns diese Einsicht wenig. Aufgrund unserer gesammelten Erfahrungen hätten wir einen Ratgeber mit dem Titel: »Warum alle tollen Männer furchtbare Frauen haben und alle netten Frauen nur furchtbare Männer abkriegen, wenn überhaupt« schreiben können. Was wir, nebenbei bemerkt, auch besser mal getan hätten, denn das Buch verkauft sich seit Jahren spitzenmäßig.

Es traf sich gut, dass wir alle unter schrecklichem Liebeskummer und/oder akutem Beziehungsstress litten, als wir zu unserem Südfrankreich-Urlaub aufbrachen – ohne Männer. Angela, Vivi, Peggy und ich wollten nichts weiter, als durch hübsche Städte bummeln, französischen Wein trinken, am Strand herumliegen und uns von den Männern erholen. Und nebenbei unsere Einstellung grundlegend ändern.

»Wenn wir uns die Beine enthaaren, dann nur für uns«, sagte ich.

»Und wenn Herzen gebrochen werden, dann nicht unsere«, sagte Peggy und schenkte dem hübschen Kellner einen schmachtenden Blick.

»Mach das nicht, sonst denkt er noch, du wolltest was von ihm«, sagte Angela.

»Mir doch egal! Wenn er sich in mich verliebt, hat er eben Pech gehabt. Ab jetzt ist Schluss mit nett.«

Trotz dieser harten Worte schaute sie ein wenig schuldbewusst drein, als der Kellner ihr zwanzig Minuten später eine herzförmige Pizza brachte.

»Das ging aber schnell«, sagte sie. Zum Glück bekamen wir anderen auch herzförmige Pizzas, und der Pizzabäcker warf uns hinten vom Holzkohlenofen Kusshände zu.

»Seht ihr, es wirkt schon«, sagte Vivi. »Sobald man ausstrahlt, dass einem die Gefühle der Kerle scheißegal sind, liegen sie einem zu Füßen.«

»Sie servieren einem ihre Herzen freiwillig auf einem Teller«, sagte ich.

»Mit extra Käse«, sagte Angela und kletterte auf den Stuhl, um die Pizzaherzen zu fotografieren. Der Kellner und der Pizzabäcker strahlten.

»Männer *wollen* gar nicht gut behandelt werden«, sagte Vivi. »Sie stehen auf herzlose Schlampen.«

Wir genossen unsere Weisheit, unser Essen und die verliebten Blicke, bis wir weiter hinten im Restaurant ein Mädchen auf einen Stuhl klettern sahen.

»Was macht die denn da?«, fragte ich begriffsstutzig. Den anderen war sofort klar, dass das Mädchen auf den Stuhl geklettert war, um die herzförmigen Pizzen besser fotografieren zu können, die ihr und ihrer hübschen Freundin serviert worden waren.

»Offenbar haben wir's doch noch nicht drauf«, sagte Peggy und knirschte mit den Zähnen.

»Eine Schlampe wird man nicht von jetzt auf gleich«, sagte Vivi. »Das muss man trainieren.«

»Genau«, sagte Angela. »Wir werden uns die Freiheit herausnehmen, heftig mit ihnen zu flirten, aber kein Trinkgeld zu geben. Das haben sie davon.«

Die Vorstellung, eine Schlampe zu werden, übte einen ungeheuren Reiz auf uns aus. Wir wussten nicht, dass man dazu geboren werden musste: Entweder man war eine Schlampe, oder man war keine.

Wir waren nun mal keine. Aber wir waren damals der Überzeugung, dass man alles werden konnte, was man werden wollte. Auch eine Schlampe.

Am nächsten Tag fanden wir in St. Tropez T-Shirts, auf denen »Ich schlafe mit deinem Mann« stand, auf Französisch. Wir fanden das so komisch, dass wir eins für jede von uns kauften und es sofort anzogen.

»Kleider machen Schlampen«, sagte ich.

»Der Aufdruck ist nur viel geistreicher als *Schlampe*«, meinte Peggy, als wir eingehakt weiter durch die Gassen bummelten. »Sozusagen der Hanke unter den Schlampen.«

»Und doch bedeutet es im Prinzip das Gleiche«, sagte Angela zufrieden.

Aber bereits nach zehn Metern befing uns erstes Unbehagen.

»Ihr Mann ist natürlich nicht gemeint!«, sagte Vivi zu der älteren Frau mit einem Korb voller Gemüse, die Vivis Busen amüsiert betrachtete.

»Deiner auch nicht«, sagte ich zu einer Touristin, die sich im Gehen an einen schwitzenden Schnurrbart mit Segelohren schmiegte.

Dreißig Meter weiter waren uns so viele Frauen mit inakzeptablen Männern begegnet, dass wir beschlossen, das T-Shirt wieder auszuziehen.

»Was haben wir uns nur dabei gedacht?«, sagte Vivi verärgert und sah schaudernd einem Pärchen hinterher, bei dem der Mann Boxershorts zu Socken und Halbschuhen trug. Und ein unfreiwillig bauchfreies T-Shirt.

»Vielleicht können wir es ja noch umtauschen«, sagte Angela.

»Ja, vielleicht haben sie auch ein T-Shirt mit der Aufschrift: *Deinen Mann würde ich nicht mal mit der Kneifzange anfassen*«, sagte Peggy. »Das hätte ich wirklich gerne.«

»Aber der da ist doch mal süß«, sagte ich und zeigte auf einen Typen, der Hand in Hand mit einer blonden Frau die Straße hinaufkam. Sie hatten die gleichen Gürteltaschen um, und dass sie aus Deutschland kamen, erkannte man an der Flasche Gerolsteiner Mineralwasser Stille Quelle, die sie mit sich trugen.

Als sie an uns vorbeikamen und dabei alle beide auf unsere T-Shirts glotzten, sagte Peggy: »Das ist Französisch und heißt: Ich schlafe mit deinem Mann.«

Der hübsche Typ grinste.

»Blöde Schlampen!«, sagte die blonde Frau, hob drohend die Mineralwasserflasche und zog ihren Freund weiter.

Wir sahen uns an und versuchten nicht beleidigt, sondern geschmeichelt auszusehen. Na also, es ging doch.

»Jetzt müssen wir nur noch selber daran glauben«, sagte Vivi.

Aber die T-Shirts zogen wir trotzdem im nächsten Café wieder aus. Eine Zeit lang trug ich meins noch abends vor dem Fernseher, wenn ich eigentlich Bauchmuskelübungen machen wollte, oder beim Putzen, oder wenn ich gerade frisch verlassen worden war und von meinen Tränensäcken ablenken wollte. Über die Jahre geriet das T-Shirt dann immer mehr in Vergessenheit. Anlässlich des Papstbesuches im letzten Jahr wollte ich es noch einmal heraussuchen, aber ich konnte es nicht mehr finden. Unseren guten Vorsatz von damals habe ich sowieso nicht in die Tat umsetzen können. Aus uns sind niemals echte Schlampen geworden.

Das geheimnisvolle Wetterphänomen

oder warum es immer genau dort regnet, wo ich Urlaub mache

Meine Schwester ist nicht nur mit der besonderen Gabe gesegnet, die Schweiz riechen zu können, sie ist auch mit einem rätselhaften Zauber belegt, der bewirkt, dass es überall dort, wo sie Urlaub macht, einfach großartig ist. Jedenfalls, solange meine Schwester sich dort aufhält. Wenn ich eine Woche später an genau demselben Ort aufkreuze, findet dort garantiert ein Jahrhundertunwetter und/oder ein Militärputsch statt. Ich kann mir das nur so erklären, dass meine Eltern zur Taufe meiner Schwester alle Feen des Landes zu einem rauschenden Festessen von goldenen Tellern eingeladen haben, zu meiner Taufe hingegen nur die Verwandtschaft.

Wahrscheinlich ist dann zu vorgerückter Stunde und nach etlichen Verdauungsschnäpschen Tante Karla als meine Patin an meine Wiege getreten.

»Mögen diesem Kind auf Reisen ebenso viele Missgeschicke widerfahren wie mir!«, wird sie genuschelt haben, und eine kleine Fee, die sich in den Vorhangfalten versteckt gehalten hatte, wird ihren Sternenstab gezückt und prompt mein Schicksal besiegelt haben.

Wenn ich im Mai nach Mallorca fliege, gibt es dort Wolkenbrüche und Hagelstürme, während zu Hause liebliches

Frühlingswetter herrscht. Fliegt meine Schwester nach Mallorca, ist es genau umgekehrt.

Egal, wo ich auch hinkomme: Zu Hause ist das Wetter in meiner Abwesenheit immer wunderbar, vor Ort hingegen ist es scheußlich oder, wie die Einheimischen dann immer sagen, »ganz untypisch für diese Jahreszeit«.

Das Gleiche gilt auch für das Feriendomizil. Während unsereins da schon mal Pech hat und sich das »idyllisch gelegene Natursteinhaus« als krümelige Bruchbude abseits jeglicher Zivilisation entpuppt und der »gepflegte Pool« als aufblasbares Planschbecken, logiert meine Schwester stets in Häusern, die ihre kühnsten Erwartungen in Sachen Lage, Ausstattung und Ästhetik sogar noch übertreffen. Und ein Schnäppchen macht sie dabei auch immer noch.

Während ich krampfhaft versuche, meine Urlaubsziele so auszuwählen, dass ich von Tornados, Terroristen, Erdbeben, Bürgerkriegen, Vulkanausbrüchen und Vogelgrippe verschont bleibe, muss meine Schwester sich darüber gar keine Gedanken machen: Solange sie am Urlaubsort weilt, gibt es so etwas dort ganz sicher nicht und auch keine Reaktorunfälle, Wasserknappheit, Lawinenabgänge, Salmonellenvergiftungen und Überschwemmungen. Selbst Amokläufer warten, bis meine Schwester wieder abgereist ist.

Die rätselhafte Magie meiner Schwester ist glücklicherweise stärker als jeder Fluch: Wenn es irgendwie möglich ist, versuchen wir, unsere Urlaubsplanung der meiner Schwester anzugleichen. Ich fühle mich einfach viel sicherer, wenn sie dabei ist: Eine Seilbahn, in der meine Schwester sitzt, stürzt nicht ab!

Natürlich ist dieses Phänomen nicht unbemerkt geblieben. Nicht nur wir, auch andere möchten davon profitieren: Insa hat meiner Schwester sogar einen Preisnachlass von fünfzig Prozent sowie dreißig Gratis-Kugelschreiber angeboten, wenn sie mit ihr nach Indien kommt. Und die Busreise nach Idar-Oberstein bekäme sie sogar umsonst.

Auch die Geheimdienste haben meine Schwester längst im Visier: Unentwegt bekommt sie anonym Hochglanzprospekte aus aller Welt zugeschickt, die Regierungen von den Philippinen, Pakistan und Nordkorea haben ihr sogar ganz offiziell Einladungen zu Gratis-Ferien gesandt.

Ich hingegen erhielt vorgestern Post aus Peking: »Liebe Frau Gier, wir bitten Sie herzlich, während der Olympischen Sommerspiele 2008 von einem Aufenthalt in unserem Land Abstand zu nehmen. Achtung: Dieser Brief vernichtet sich nach fünf Sekunden von allein.«

Gut, dass ich für den Sommer 2008 schon andere Pläne habe. Vielleicht wird aber meine Schwester zu den Olympischen Spielen reisen. Heute jedenfalls wurde ihr eine schöne Vase aus der Ming-Dynastie geliefert, mit den besten Grüßen aus Peking.

Die Mühle des Einarmigen Müllers

Eine Gruselgeschichte

Wir hatten die Wahl zwischen einem Hausboot auf der Saône im Burgund, einem rot-weißen Holzhaus an einem småländischen See und einer alten Mühle an einem Fluss in Yorkshire, und wir konnten uns einfach nicht entscheiden.

»Romantisch sind alle drei«, sagte Vivi. Sie hatte gerade die Pille abgesetzt und träumte davon, ihrem Kind einmal von dem schönen Ort erzählen zu können, an dem es gezeugt wurde.

»Vielleicht könnten wir es ja sogar nach dem Ort benennen«, sagte sie.

»Damit dürfte Ärmhultsbro wohl ausscheiden«, sagte ich.

»Die größte Auswahl hättest du mit dem Hausboot«, sagte Frank. »Wir könnten ja nur in Ortschaften mit wohlklingenden Namen vor Anker gehen.«

»Das Wetter wird in Frankreich wohl auch am besten sein«, sagte Edgar, Vivis Mann.

»Aber in der Mühle gibt es diese zauberhaften Himmelbetten«, sagte Vivi.

»Und in Schweden werden wir am besten angeln können«, sagte Edgar.

»Nach Newcastle kann man für einen Euro fliegen«, sagte Frank, und damit war unsere Wahl getroffen – die englische Mühle war einfach am günstigsten. Und wir hatten so ein Glück mit dem Wetter. Als wir in Newcastle ankamen, strahlte die Maisonne vom Himmel, rechts und links von der Straße blühten die Obstbäume und die Kastanien, die Landschaft zeigte sich von ihrer schönsten Seite. Auf dem Weg nach Remote Hazel, dem Dorf, zu dem unsere Mühle gehörte, wollten wir alle mal hinter das Steuer des Mietwagens, weil es lustigerweise – hahaha – auf der Beifahrerseite angebracht war. Wir hatten einen Heidenspaß, vor allem beim Linksabbiegen. In Remote Hazel gab es einen entzückend aussehenden Tante-Emma-Laden, vor dem wir anhielten, um fürs Abendessen einzukaufen und nach dem Weg zur Mühle zu fragen.

»Sie machen also Urlaub in Ruby Mill?«, sagte der rotwangige Kaufmann hinter der Ladentheke. »Na, Sie trauen sich was.«

»Oh nein«, sagte Vivi. »Ich wusste doch, dass die Sache einen Haken hat.«

»Regnet es durchs Dach?«, fragte Frank. Das hatte es in dem ligurischen Bauernhaus getan, in dem wir vor zwei Jahren gewesen waren.

»Gibt es eine Rattenplage?«, fragte Edgar. Die hatte es in dem bretonischen Häuschen gegeben, in dem wir das Jahr davor Urlaub gemacht hatten.

»Nein, nein«, sagte der Kaufmann. »Das Haus ist in gutem Zustand.«

Wir atmeten erleichtert auf.

»Cheddar«, sagte Frank. »Ich will unbedingt Cheddar. Und Stilton.« Frank ist, was Käse angeht, ein bisschen wie Wallace von Wallace und Gromit.

»Es ist nur wegen des Gespenstes«, sagte der Kaufmann. »Aber manche Touristen sind ja gerade deswegen scharf drauf, dort zu wohnen.«

»In der Mühle spukt es?«, fragte ich.

»Jepp«, sagte der Kaufmann. »Schon seit über hundertfünfzig Jahren. Man nennt sie auch die Mühle des Einarmigen Müllers. Er schleicht in der Nacht durch das Haus und flüstert den Namen seiner Frau, und am nächsten Morgen finden sich überall Blutspuren.«

»Von den Touristen?« Ich hatte eine Gänsehaut bekommen.

Der Kaufmann schüttelte den Kopf. »Nein! Von seinem Armstumpf. Vor hundertfünfzig Jahren nämlich wurde dem Müller der Arm von seinem eigenen Mahlwerk abgerissen, und er verblutete elendiglich.«

»Wie schrecklich«, sagte Vivi. Ich sah, dass sie auch eine Gänsehaut hatte. Nur Frank und Edgar streiften ungerührt zwischen den Regalen herum und stritten sich darüber, welche Biersorte sie kaufen sollten.

»Schrecklich – ja«, sagte der Kaufmann. »Vor allem, weil sich niemals geklärt hat, wie der Arm des Müllers in das Mahlwerk geriet. Vieles weist darauf hin, dass seine eigene Frau ihn auf dem Gewissen hat, denn sie hatte ein Verhältnis mit einem Bauern drüben in Esh Winning. Der Einarmige Müller schreibt manchmal ihren Namen auf den Fußboden … – mit seinem Blut.«

Wir schauten alle vier ziemlich schockiert drein, Frank und Edgar allerdings mehr wegen der Preise für das Sixpack Bier. Sie entschieden sich doch lieber für eine 2,5-Literflasche französischen Landweins.

»Eine gute Wahl, preiswert, aber lecker«, sagte der Kaufmann, beugte sich zu uns nach vorne und setzte flüsternd hinzu: »Rot wie Blut.«

Vivi und ich schluckten.

»Wir haben dann alles«, sagte Frank.

»Das macht zusammen vierunddreißig Pfund und siebzehn Cent«, sagte der Kaufmann.

»Aber sonst tut er doch nichts, oder?«, fragte ich, als die anderen sich mit Papiertüten beladen zum Ausgang begaben.

»Wie meinen Sie das?«, fragte der Kaufmann.

»Na ja, ich meine, der Einarmige Müller, er läuft da doch nur herum und blutet und schreibt Namen auf den Fußboden?«, sagte ich. *Nur* war gut!

»Jepp«, sagte der Kaufmann.

»Aber er tut keinem was?«, versuchte ich mich zu vergewissern.

»Bis jetzt jedenfalls nicht«, sagte der Kaufmann. »Das heißt, einmal hat er einer Touristin über den Kopf gestreichelt, aber die hat vielleicht seiner Frau ähnlich gesehen, man weiß es nicht … Aber das ist ja auch nur ein einziges Mal vorgekommen. Ich erinnere mich noch gut an die Frau, wie sie schlohweiß hier im Laden stand und am ganzen Körper zitterte. Sie hatte so hübsche, blonde Locken wie Sie.«

»Oh nein«, sagte ich.

»Wenn Sie lieber nicht in der Mühle vom Einarmigen Müller schlafen wollen: Meine Schwester vermietet sehr hübsche Zimmer in der Chestnut Road«, sagte der Kaufmann.

»Das merke ich mir«, sagte ich. »Auf Wiedersehen.«

»Auf Wiedersehen«, sagte der Kaufmann, aber in meinen Ohren klang es irgendwie nicht so, als würde er an ein Wiedersehen glauben.

»Der Einarmige Müller hat einer Frau mit seinem Armstumpf über den Kopf gestreichelt«, sagte ich, als wir im Auto saßen. »Offenbar mag er blonde Locken.«

»Ich glaube nicht, dass ich ein Kind zeugen kann, wenn dieser Einarmige da herumspukt«, sagte Vivi, obwohl sie gar keine blonde Locken hatte.

»Jetzt stellt euch nicht so an«, sagte Edgar. »Mrs. Carlisle hat am Telefon nichts von einem Geist gesagt.«

»Das hätte ich an ihrer Stelle auch nicht«, sagte ich. Mrs. Carlisle war die Vermieterin.

»Da vorne links abbiegen«, sagte Frank.

Ruby Mill stand auf dem Schild, das einen einsamen Schotterweg hinunter zum Fluss wies.

»Ruby – Rubin – rot wie Blut«, murmelte ich.

»Sei bloß still«, sagte Vivi. »Meine Eizellen sind vor lauter Angst schon eingefroren.«

Der Anblick der reetgedeckten Mühle in der Abendsonne, umgeben von blühenden Fliederbüschen und prächtigen Erlen hätte romantischer und friedlicher nicht sein können. Vergissmeinnicht säumten den Weg bis zur Tür.

Und dennoch wurde ich das Gefühl nicht los, das Haus Usher vor mir zu sehen.

Die Vermieterin hatte mit Edgar am Telefon vereinbart, den Schlüssel unter einer Gießkanne neben der Haustür zu deponieren, und dort fanden wir ihn auch. Ich klammerte mich an Franks Hand fest, als wir eintraten.

»Der Einarmige Müller wird doch sicher erst um Mitternacht spuken«, sagte Frank. »Wenn überhaupt, meine ich.«

»Das kann man nie wissen!«, sagte ich und hielt nach Blutflecken Ausschau. Aber das Haus war vollkommen fleckenfrei. Und es war entzückend, noch viel schöner als auf den Fotos im Internet. Ich war sehr froh, als ich feststellte, dass das Mahlwerk, in welchem der Müller seinen Arm verloren hatte, nicht mehr vorhanden war, und ich entspannte mich etwas. Vivi und Edgar wählten das Schlafzimmer mit Himmelbett, lavendelfarbener Bettwäsche und einem spektakulären Blick auf den Fluss, Frank und ich bekamen ein Zimmer mit verschnörkeltem Eisenbett und einen gepolsterten Fenstersitz, auf dem Gobelinkissen mit gestickten Möpsen lagen. Als ich das Fenster öffnete, strömte der Duft von Flieder in den Raum.

»Wahrscheinlich hat der Kaufmann die Geschichte vom Einarmigen Müller nur erfunden, damit seine Schwester ihre blöden Zimmer vermietet kriegt«, sagte ich.

»Ja, natürlich«, sagte Frank. »Und damit wir von seinen horrenden Preisen abgelenkt waren. Und jetzt will ich Käääääáse.«

Es war so warm, dass wir auf der Terrasse essen konnten. Während die Sonne hinter den Erlen langsam versank, kehrte echte Urlaubsstimmung bei uns ein. Es gab Brot, geräucherte Forelle, Käse und Salat, dazu den französischen Landwein, und alles zusammen war ganz köstlich. Der Fluss rauschte, der Flieder duftete, und irgendwo sang eine Nachtigall.

Jedenfalls behauptete Edgar, es sei eine Nachtigall, Frank

meinte, es sei eine Amsel, aber das war im Grunde egal, so oder so war es höchst stimmungsvoll.

Ich nutzte das letzte Tageslicht, um einen Strauß Vergissmeinnicht für den Frühstückstisch am nächsten Morgen zu pflücken. Die Sonne hatte den Himmel im Westen rosarot gefärbt.

Auf dem Schotterweg schob eine Frau ihr Fahrrad an der Mühle vorbei in Richtung Dorf. Sie lächelte mir über die Bruchsteinmauer hinweg zu, und ich lächelte zurück. Sie war so um die fünfzig, eine hübsche, füllige Person mit auffallend blauen Augen und süßen Grübchen links und rechts der Mundwinkel. Mit ihrem karierten Sommerkleid sah sie aus wie aus einem Bilderbuch. Einem Rosamunde-Pilcher-Bilderbuch.

»Es ist ewig her, dass ich einen Strauß Vergissmeinnicht gepflückt habe«, sagte sie.

»Zu Hause bin ich dazu auch immer zu geizig«, sagte ich. »Aber hier ist die ganze Wiese voll damit. Ich glaube nicht, dass die Vermieterin etwas dagegen hat.« Ich stutzte kurz. »Oder sind Sie am Ende vielleicht sogar die Vermieterin? Mrs. Carlisle?«

»Nein«, sagte die Frau, und die Lachfältchen um ihre Augen vertieften sich. »Ich bin Ethel Murray, ich wohne im Ashheart Cottage, gleich am Dorfrand.«

Ich nannte ihr meinen Namen und hielt ihr den Strauß Vergissmeinnicht hin. »Möchten Sie den mitnehmen, Mrs. Murray? Ich pflücke mir einfach einen neuen.«

»Oh, das ist aber nett von Ihnen«, sagte die Frau und legte die Blumen in ihren Fahrradkorb. »Machen Sie hier Ferien?«

»Ja. Mit meinem Mann und einem befreundeten Paar. Leider nur eine Woche lang.«

»Da haben Sie sich eine besonders schöne Woche ausgesucht«, sagte Mrs. Murray. »Es soll bis achtundzwanzig Grad warm werden. Weiter unten am Fluss können Sie auch baden. Das Wasser ist um diese Jahreszeit zwar noch eiskalt, aber dafür sind auch die Blutegel noch nicht aktiv. Man kann sich hier wunderbar erholen.«

»Das glaube ich«, sagte ich und sah zur Terrasse hinüber, wo Vivi Kerzen angezündet hatte, die in der Dämmerung einen warmen Schein verbreiteten. »Wenn wir denn schlafen können. Der Kaufmann hat uns gruselige Geschichten vom Einarmigen Müller erzählt. Ich werde wahrscheinlich die ganze Nacht kein Auge zutun, aus lauter Angst, ihn den Namen seiner Frau flüstern zu hören. Und er soll ekelhafte Sachen mit seinem Blut machen.«

Mrs. Murray lachte. »Warum sollte er das tun?«

»Na, weil sie es war, die ihn in das Mahlwerk gestoßen und verbluten lassen hat«, sagte ich.

»Aber nein«, sagte Mrs. Murray. »Der Müller ist doch nicht verblutet.«

»Er hat doch seinen Arm verloren«, sagte ich.

»Das stimmt«, sagte Mrs. Murray. »Aber er hat den Unfall überlebt. Mit seinem einen Arm ist er fünfundachtzig Jahre alt geworden.«

»Aber seine Frau … Sie hatte ein Verhältnis mit einem Bauern drüben in Dings …«, sagte ich.

»Blödsinn«, sagte Mrs. Murray. »Das sind alles dumme Gerüchte. Unser Einarmiger Müller hatte ein langes und erfülltes Leben, und er führte eine glückliche Ehe. Seine

Enkeltochter unterrichtet übrigens in Remote Hazel an der Grundschule.«

»Und dann schreibt wahrscheinlich auch niemand blutige Namen auf den Fußboden?«, fragte ich.

»Nein, ganz sicher nicht«, sagte Mrs. Murray und lachte. »Hier in Remote Hazel gibt es nur freundliche Geister.«

»Da bin ich aber froh«, sagte ich. »Danke, dass Sie mir das erzählt haben. Jetzt kann ich heute Nacht wenigstens ohne Begleitung aufs Klo gehen.«

»Keine Ursache«, sagte Mrs. Murray und schob ihr Fahrrad weiter. »Ich wünsche Ihnen schöne Ferien. Und noch mal danke für die Blumen.«

»Auf Wiedersehen«, sagte ich und schaute ihr hinterher, bis sie von der Dämmerung verschluckt wurde. Was waren diese Engländer doch nett.

»Wo warst du so lange?«, wollte Frank wissen.

»Ich hatte ein sehr nettes Gespräch mit einer Mrs. Murray«, sagte ich und erzählte, was Mrs. Murray mir über den Einarmigen Müller verraten hatte.

»Dieser Kaufmann hat euch voll verarscht.« Edgar lachte.

»Ich habe es sowieso nicht geglaubt«, sagte Vivi, aber ich sah ganz deutlich die Erleichterung in ihrem Gesicht.

Der Kaufmann hatte nicht die Spur eines schlechten Gewissens. Als wir drei Tage später wieder in seinen Laden kamen, zog er die Augenbrauen hoch und tat so, als ob er sich wunderte, dass wir überhaupt noch lebten.

»Und – keine besonderen Vorkommnisse?«, fragte er.

»Nein«, sagte Vivi. »Wir erholen uns blendend.«

»Haben Sie auch mal das Mehl kontrolliert?«, fragte der

Kaufmann. »Manchmal färbt es sich über Nacht rot vom Blut des Einarmigen Müllers.«

»Mit dem Mehl ist alles in bester Ordnung«, sagte Vivi.

»Kein Flüstern? Keine Blutflecken? Keine schleppenden Schrittgeräusche?«, fragte der Kaufmann. »Hm, da haben Sie aber wirklich Glück gehabt.« Er sah auf den Kalender hinter sich. »Aber heute ist Neumond, da wird der Einarmige Müller ganz sicher aus seinem Grab steigen. Erwähnte ich schon, dass er auf Blondschöpfe steht?«

»Ach, jetzt hören Sie doch auf«, sagte ich ärgerlich. »Wir wissen, dass der Müller nicht ermordet wurde und ergo auch nicht in der Mühle herumspukt. Er ist ja nicht mal verblutet!«

»Ach, und woher wollen Sie das wissen?«, fragte der Kaufmann.

»Mrs. Murray hat es uns erzählt«, sagte ich. »Der Einarmige Müller wurde fünfundachtzig Jahre alt und führte eine vorbildliche Ehe.«

»Genau«, sagte Vivi.

»Ich kenne keine Mrs. Murray«, sagte der Kaufmann.

Frank stellte eine Flasche von dem französischen Landwein auf die Ladentheke. »Am Montag kostete der noch drei Pfund zwanzig«, sagte er. »Wieso ist er jetzt zwei Pfund teurer geworden?«

»Die Nachfrage hat sich drastisch erhöht«, sagte der Kaufmann und grinste verschlagen.

»Sie wohnt im Ashheart Cottage«, sagte ich.

»Wer?«

»Na, Mrs. Murray«, sagte ich. »Sie wohnt im Ashheart Cottage.« Den Namen hatte ich mir gemerkt. Eschenherz –

was für ein schöner Name für ein Haus, viel poetischer als Lotte.

»Im Ashheart Cottage?«, wiederholte der Kaufmann. »Jetzt wollen Sie mich wohl auf den Arm nehmen, was?«

»Nein«, sagte ich.

»Das Ashheart Cottage ist abgebrannt, als ich noch ein kleiner Junge war«, sagte der Kaufmann. »Man hat es nie wieder aufgebaut.«

»Aber Mrs. Murray hat gesagt, sie wohnt dort«, sagte ich. »Sie ist eine sehr hübsche Dame mittleren Alters mit blauen Augen und einem Fahrrad … Ich habe ihr einen Strauß Blumen geschenkt.«

»Murray, Murray«, sagte der Kaufmann und wiegte den Kopf hin und her. »Gut möglich, dass die Leute Murray hießen. Der Mann drehte durch, verrammelte mitten in der Nacht still und heimlich Fenster und Türen und zündete das Haus an. Die arme Ehefrau verbrannte in ihrem Bett.«

Ich hatte plötzlich einen ganz trockenen Mund. »Aber … Wie?«, fragte Vivi.

Der Kaufmann schnalzte mit der Zunge. »Huh, Sie sind gut, Kompliment! Für einen Augenblick haben Sie mich wirklich drangekriegt. Die verbrannte Mrs. Murney geistert mit ihrem Fahrrad durch das Dorf und spricht mit Touristen über den Einarmigen Müller … – Nicht schlecht.«

»Murray«, sagte ich. »Sie heißt Mrs. Murray. Und sie war kein bisschen verbrannt.«

»Wer hat Ihnen überhaupt von Ashheart Cottage erzählt?«, fragte der Kaufmann. »Ach, ich weiß es! Mrs. Carlisle natürlich. Sie sagt, ich würde ihre Mieter mit den Gruselgeschichten über die Mühle vergraulen, aber ich weiß, dass die Touristen unsere englischen Gespenster lieben. Die Frauen werden dann immer viel anschmiegsamer.«

Edgar und Frank hievten unsere Einkäufe auf den Tresen. »Machen Sie den Mädchen wieder Angst?«, fragte Edgar.

»Aber nein«, sagte der Kaufmann. »Diesmal ist es umgekehrt. Jetzt versuchen sie mir einen Geist unterzujubeln. Aber darauf falle ich nicht rein.«

»Ich auch nicht«, sagte Vivi und sah mich zweifelnd an. »Es gibt doch auch gar keine Geister, oder?«

»Das werden wir gleich wissen«, sagte ich und riss die Ladentür auf. »Wo ist der Friedhof?«

»Gleich neben der Kirche«, sagte der Kaufmann. »Das macht dann zusammen fünfunddreißig Pfund und zwanzig Cent. Und sagen Sie Mrs. Carlisle schöne Grüße, und ich sei *beinahe* darauf hereingefallen.«

»Bist du sicher, dass die Frau Ashheart Cottage gesagt hat?«, fragte Vivi vor der Tür.

»Ganz sicher«, sagte ich, während ich mit schnellen Schritten auf die Kirche zuging.

»Wo wollt ihr hin?«, rief Frank hinter mir her, mühsam seine Papiertüte balancierend. Komisch, dass die hier keine Henkel an ihre Tüten machten. Aber andere Länder, andere Sitten.

»Ich muss nur schnell etwas überprüfen«, rief ich über meine Schulter zurück.

Vivi rannte hinter mir her. »Warte doch mal! Es kann doch auch einfach … – Es könnte vielleicht …«

Ich hatte das verschnörkelte Eisentor erreicht, das zum Friedhof führte. »Vielleicht was?«, fragte ich und ließ meine Blicke über die Inschriften der Grabsteine gleiten. Überdurchschnittlich viele Browns lagen hier begraben. »Glaubst du, ich habe mir die ganze Frau nur eingebildet?«

»Nein, aber vielleicht hast du den Namen falsch verstanden.«

»Ihren Namen *und* den ihres Cottages? Wohl kaum.«

Vivi ging neben mir her und klapperte dabei wieder mit den Zähnen. »Wir suchen eine Ethel Murray, richtig? Wie Bill Murray?«

»Richtig«, sagte ich. *Brown, Miller, Card, Franklin* … »Aber wenn wir sie finden, heißt das dann, dass … – Ach, das ist doch ausgeschlossen!« Vivi versuchte vergeblich, die Gänsehaut auf ihren Armen wegzurubbeln.

»Wenn ich so recht darüber nachdenke, war doch einiges seltsam an der Frau«, sagte ich. »Zum Beispiel ihr Fahrrad. Das sah aus wie aus einem alten Miss-Marple-Film. Und das Kleid könnte gut und gerne aus der Zeit stammen, als unser Kaufmann ein kleiner Junge war … – Oh! Hier ist es.«

»Bitte, bitte nicht«, sagte Vivi.

Ich kniete vor einem Grabstein nieder. *Unforgetable, Ethel Murray, 1913–1966.* »Das ist sie.«

»Sie ist in dem Jahr gestorben, in dem wir geboren wurden«, flüsterte Vivi, wobei ihre Zähne wie wild aufeinanderklapperten. Und das bei fünfundzwanzig Grad in der strahlenden Mittagssonne.

Ich streichelte vorsichtig über die Grabinschrift. »Ihren verrückt gewordenen Mann haben sie offensichtlich woanders begraben. Dabei glaube ich, dass sie ihm längst verziehen hat. Du hättest sie sehen sollen: Sie war so gut gelaunt und freundlich. Der netteste und entspannteste Geist, den man sich nur vorstellen kann.« Ich musste lachen, als mir einfiel, dass sie genau das gesagt hatte. »Sie hat gesagt, in Remote Hazel gäbe es nur freundliche Geister. Woher hätte ich wissen sollen, dass sie von sich selber spricht?«

Eine Weile hockten wir schweigend vor dem Grabstein.

»Ich werde mich von nun an vor jeder Frau auf einem Fahrrad gruseln«, sagte Vivi.

»Ich nicht«, sagte ich.

Vivi nahm meine Hand. »Komm, die Männer warten.«

Wir hatten noch zwei wunderschöne Tage in unserer alten Mühle, und jeden Abend in der Dämmerung starrte ich hinaus auf den Schotterweg und hoffte, dass die Frau auf dem Fahrrad noch einmal vorbeikommen würde. Aber das tat sie nicht.

Am Tag unserer Abreise legte ich einen Strauß Vergissmeinnicht auf Ethel Murrays Grabstein, für den freundlichsten Geist, der mir jemals begegnet ist. Den freundlichsten und einzigen Geist, der mir jemals begegnet ist.

Vivi übrigens hat ziemlich genau neun Monate nach diesem Urlaub ihre Tochter geboren. Sie heißt Ruby und hört sehr gern Geschichten über den Ort, an dem sie gezeugt wurde.

Es lebe das Ambiente

oder was mit Onkel Gustavs Streichholzbild passiert

Ich verreise nicht nur deshalb so gern mit meiner Freundin Vivi, weil sie einen einmalig guten Orientierungssinn hat und in jedem Kreisverkehr die richtige Abzweigung nimmt, sondern auch, weil für sie ein stimmungsvolles Ambiente im Urlaub immer an erster Stelle kommt. Lieber ein malerisches altes Haus mit einer toten Maus in der Badewanne und ohne wirklich funktionierendes Abwassersystem als eine hygienisch einwandfreie Unterkunft in einer eigens für Touristen erbauten Retortensiedlung – da sind wir uns absolut einig. Das kleine Hotel in Brügge zum Beispiel war genau unser Geschmack: Es war zwar hellhörig und hatte grauenvoll durchgelegene Matratzen, aber dafür auch Stuckdecken, Damasttapeten und ein wundervolles, fotogenes Treppenhaus im Jugendstil.

Sicher gibt es auch Hotels mit Stuckdecken *und* perfekten Matratzen, ebenso wie malerische alte Häuser *mit* funktionierendem Abwassersystem und *ohne* tote Maus in der Badewanne, aber für die reicht meistens unser Budget nicht aus. Da muss man schon mal das eine gegen das andere abwägen.

»Im Urlaub möchte ich, wenn schon nicht von Luxus, dann doch wenigstens von Schönheit, Flair und Authentizität umgeben sein«, pflegt Vivi zu sagen. »Sonst kann ich auch zu Hause bleiben.«

Was Flair ist und was nicht, unterliegt natürlich öfter mal der Geschmacksfrage. Aber Vivi ist da durchaus flexibel. In jeder Unterkunft beseitigt sie als Erstes alle scheußlichen Accessoires, die häufig in Ferienwohnungen vorzufinden sind: Kunstblumensträuße, Häkeldecken und Harlekins mit Porzellanköpfen und lila Satinkleidung. Vivi hängt auch konsequent alle Bilder ab, die ihr nicht gefallen, und manchmal auch Kruzifixe mit einem leidenden, geschnitzten Heiland, diese aber nur, wenn sie gehäuft auftreten, also über jedem Türrahmen hängen. Der ganze Kram wird außer Sichtweite geschafft, damit er Vivis Sinn für Ästhetik nicht beleidigen kann. Meistens schieben wir das alles unter das Bett.

Die hässlichen Gegenstände, die sich in Ferienwohnungen ja oft in erschreckenden Mengen auf verhältnismäßig kleinem Raum finden, spiegeln übrigens meinen Nachforschungen zufolge oft gar nicht den Geschmack der Vermieter wieder, im Gegenteil: Die finden das Zeug meist selber scheußlich! Eine Ferienwohnung ist einfach ein wunderbarer Ort, um all die getöpferten Blumenvasen, Trockenblumengestecke und geknüpften Wandbehänge loszuwerden, die man im Laufe eines Lebens von Tante Erna, Onkel Gustav und der Schwiegermutter geschenkt bekommt. Wir Otto-Normal-Verbraucher – also Leute ohne Ferienwohnung – müssen die Konfektschale in Form eines Schwans mit vergoldetem Schnabel für den Fall eines unangekündigten Besuches unserer Schwiegermutter ständig in Reichweite haben und blitzschnell auf den Tisch knallen, wenn es an der Tür klingelt. Leute mit Ferienwohnungen haben es da viel leichter: Sie stellen den Schwan einfach in der Ferienwohnung auf den Tisch. Sollte die Schwiegermutter sich danach erkundigen, können sie sagen: »Ach, Mutti, dein schöner Schwan steht drüben in der Ferienwohnung, damit die Feriengäste auch eine Freude haben.« Und Mutti ist zufrieden.

Vivi kennt da aber in ihren Ferien kein Pardon: Der Schwiegermutti-Schwan und Onkel Gustavs Streichholz-Leuchtturm auf Spanplatte werden für die Dauer ihres Aufenthaltes unter das Bett geschoben. Sollte die Spanplatte allerdings zu groß und zu schwer sein, muss Vivi zu Plan B greifen, das Kunstwerk hängen lassen und es mit einem Pareo verhüllen.

Für den Fall, dass das Sofa ein unerträgliches Muster aufzuweisen hat, bringt Vivi stets einen neutralweißen Überwurf von zu Hause mit, außerdem eine Tischdecke und natürlich Kerzen, so viel Platz muss sein.

Wenn es irgendwie geht, versuchen wir aber schon im Vorfeld ein möglichst geschmackvoll eingerichtetes Domizil zu finden. Sollten uns auf den Fotos im Internet bereits Plastikgartenmöbel und grün-rot-blau gemusterte Teppichböden ins Auge fallen, suchen wir lieber nach einer Alternative.

Wegen unseres beschränkten Budgets haben wir auch schon ein paarmal günstige Pauschalreisen aus dem Katalog ausprobiert, die ja auf den ersten Blick deutlich mehr Luxus für das gleiche Geld bieten. Aber das war einfach nicht das, was wir uns vorgestellt haben. Zu wenig Flair, zu viele Rentner. Sich für das Frühstücksrührei in eine Schlange stellen zu müssen, zwischen Kegelbruder Heinz-

Peter aus Wieda-Rhedenbrück (der zusammen mit seinen sechs Kumpels schon im Flieger so richtig auf die Pauke gehauen hat) und Gisela Berghaus aus Koblenz, kann ja mal ganz lustig sein, aber sieben Tage hintereinander – nein!

Dann doch lieber Onkel Gustavs Streichholzbild in Kauf nehmen.

Solange wir nicht im Lotto gewinnen, wird Vivi wohl auch weiterhin ihren Bettüberwurf und eine musterfreie Tischdecke in ihren Koffer packen, und ich nehme sicherheitshalber immer die Mäusefalle mit.

Es lebe das Ambiente!

Gibt es die große Urlaubsliebe wirklich

oder warum man rechtzeitig einer Geheimloge beitreten sollte

Auf einem Mittelaltermarkt las eine Wahrsagerin namens Madame Svetlana in Vivis Handfläche, dass sie den Mann, den sie mal heiraten würde, auf einer Reise kennen lernen würde.

»Ich sähä ein färrnes Land«, sagte Madame Svetlana.

»Wie fern?«, fragte Vivi aufgeregt. »Können Sie sehen, um welches Land es sich handelt?«

»Ich sähä … das Krrrrreuz des Südens!«, sagte Madame Svetlana. »Ich sähä … das Meerrrrr!«

»Das Meer? Können Sie das vielleicht noch spezifizieren?«, fragte Vivi.

Madame Svetlana kniff die Augen zusammen. »Ich versuche, den Nebel zu durchdringen«, sagte sie. »Aber es ist schwierig.«

Vivi schob ihr noch einen Geldschein hin.

»Ah«, sagte Madame Svetlana. »Der Nebel lichtet sich. Ich sähä … das Mittelmeerrrrr. Eine Insel. Dort wirrrrst du deinen Liebsten treffen.«

»Was für eine Insel?«

»Ich sähä …«, sagte Madame Svetlana. »Ich sähä eine Insel mit dem Buchstaben M.«

»Mallorca?«

Sie wiegte ihren Kopf hin und her. »Möglich.«

»Und da treffe ich meinen künftigen Ehemann?«

»Rrrrichtig«, sagte Madame Svetlana.

»Nichts wie hin!«, sagte Vivi. War sie verrückt? Wir hatten doch gerade erst einen Skiurlaub in den Dolomiten gebucht.

»Sehen Sie auch, ob er noch Haare hat?«, fragte Vivi.

»Ich sähä volläs Haarrrr«, versicherte Madame Svetlana. »Ich sähä weiches Herrrrrrrz und viel Geld!«

Vivi sah hocherfreut aus.

Zuerst wollten wir gar nicht zu Madame Svetlana hineingehen. Sie schaute so finster aus ihrem kleinen Zelt heraus, das verloren zwischen einer Schwertschmiede und einem Stand mit selbstgeflochtenen Weidenkörben stand. Mit ihren schwarzen, bis an den Haaransatz geschwungenen Augenbrauen, sah sie alles andere als vertrauenswürdig aus. Außerdem rauchte sie Zigarre.

Aber als wir an ihr vorbeigehen wollten, blies sie Vivi den Zigarrenrauch ins Gesicht und flüsterte mit heiserer Stimme: »Du suchst deinän Ähämann am falschän Ort.«

Vivi blieb wie elektrisiert stehen. Zufällig war die Suche nach einem Ehemann nämlich gerade genau ihr Thema. Sie hatte sich erst vor vier Wochen ein Buch mit dem Titel: »Wie Sie Ihr Singledasein dauerhaft beenden können« zugelegt, weil, nun ja, weil sie eben ihr Singledasein dauerhaft beenden wollte.

In dem Buch stand, dass sie, um die richtigen Männer kennen zu lernen, entweder mit Golfspielen anfangen, in eine politische Partei eintreten oder Mitglied in einer gemischten Geheimloge werden sollte. Bis jetzt hatte Vivi sich noch zu keiner dieser Aktionen durchringen können.

Sie fand Golf langweilig, von Politik verstand sie nichts, und Geheimlogen waren ihr unheimlich.

Wenn aber nun Madame Svetlana recht hatte, dann konnte sie das Buch getrost in die Ecke werfen und einfach nur Urlaub machen.

»Und dann auch noch Mallorca«, sagte sie glücklich. »Das kann ich mir gerade noch leisten. Schwieriger wäre es geworden, wenn es die Malediven gewesen wären.«

Wo ich schon mal da war, konnte ich ja Madame Svetlana auch gleich mal meine Handfläche unter die Nase halten.

»Werde ich *überhaupt* heiraten?«, fragte ich. Zufällig beschäftigte ich mich nämlich auch gerade mit diesem Thema. Ich hatte im Gegensatz zu Vivi den Eintritt in eine Partei durchaus in Erwägung gezogen, aber die Partei, der ich mich politisch am nächsten fühlte, war leider die mit dem höchsten Anteil an Frauen und Sonderpädagogen mit schütterem Haar und Pferdeschwanz.

»Ich sähä …«, sagte Madame Svetlana und runzelte ihre Stirn. »Ich sähä einen großen dunklen Mann.«

Das musste ja nun nicht viel bedeuten. Große dunkle Männer gab es ja nicht gerade wenige. »Und dieser große dunkle Mann – hat der auch etwas mit mir zu tun?«, fragte ich.

Madame Svetlana sah mich ärgerlich an. »Ich sähä den Mann ja in deinerr Hand.«

Das war ja schon mal nicht schlecht.

»Ich sähä ihn in dein Läbän trrrreten«, fuhr Madame Svetlana fort. »Errr ist schön und stark und wirrd dich auf Händen trrrragen.«

Oh, mein Gott. Es gab doch noch Hoffnung.

»Siehst du«, sagte Vivi. »Es war richtig, dass du mit Bono Schluss gemacht hast.«

»Und *wann* wird dieser Mann in mein Leben treten?«, fragte ich.

»Bald«, sagte Madame Svetlana.

»Können Sie auch erkennen, wo?«, fragte Vivi und schob noch einen Geldschein zu Madame hinüber.

»Ich sähä das Krrrrreuz des Südens«, sagte Madame Svetlana. »Ich sähä das Mittelmeerrrr.«

»Was haben wir für ein Glück«, sagte Vivi.

»Eine Insel«, sagte Madame Svetlana. »Ich sähä den Buchstaben M. Und ein A.«

»Dann *muss* es Mallorca sein.« Vivi sprang auf, warf Madame Svetlana noch einen Zwanziger auf den Tisch und zog mich aus dem Zelt, um den Skiurlaub in den Dolomiten zu canceln.

Stattdessen flogen wir zwei Monate später, im Mai, nach Mallorca.

Aber der einzige große, dunkle Mann, der dort in mein Leben trat, war der Blödmann, der mir am Flughafen mit seinem Gepäckwagen in die Hacken fuhr und sich nicht mal dafür entschuldigte.

Ansonsten trafen wir auf die übliche Auswahl an glücklich verheirateten Typen, die aussahen wie Keanu Reeves und uns keines Blickes würdigten, schmierig lächelnden Frührentnern, die uns den Rücken eincremen wollten, im Sand herumkriechenden Fußfetischisten, die uns anboten, den Sand von den Zehen zu lutschen, und beziehungsgestörten Systemanalytikern aus Osnabrück auf der Suche nach einem One-Night-Stand.

»Und wenn uns diese Wahrsagerin angelogen hat?«, fragte ich, als wir uns außerhalb der überfüllten Bucht ein einsames Plätzchen in den Felsen gesucht hatten.

»Du meinst, weil sie in unseren Handflächen nur gähnende Leere gesehen hat und Mitleid mit uns hatte?«, fragte Vivi.

Ich nickte. »Oder weil sie überhaupt nicht wahrsagen kann und nur an unser Geld wollte.«

»Möglich ist es«, sagte Vivi.

Ein älterer Herr, der seine Badeshorts bis unter die Achselhöhlen gezogen hatte, kam keuchend über die Felsen geklettert und richtete sich vor uns auf. Er sah aus wie mein Onkel Günther, nur noch zehn Jahre älter.

»Kann ich den schönen Damen vielleicht behilflich sein und den Rücken einölen, bevor er in der Sonne verbrennt?«, fragte er höflich.

»Nein danke«, sagte ich genauso höflich. »Wir helfen uns schon gegenseitig.«

»Frigides Lesbenvolk«, sagte der ältere Herr und kletterte missmutig über die Felsen wieder davon. Es spielt keine Rolle, ob man sie höflich abwimmelt oder »Verpiss dich, du alter Sack!« sagt, sie nehmen es einem so oder so übel. Und immer unterstellen sie einem, man sei lesbisch und/oder frigide. Wir Frauen sollten es uns genauso einfach machen: Alle Männer, die kein Interesse an uns zeigen, sind eben impotent und/oder schwul.

»Wenn ich so recht darüber nachdenke, kenne ich überhaupt niemanden, der im Urlaub den Mann fürs Leben kennen gelernt hat«, sagte Vivi. »Du vielleicht?«

»Nein.« Ich schüttelte den Kopf.

»Solche Geschichten sind entweder völlig frei erfunden, um die Tourismusindustrie anzukurbeln, oder sie sind wahr, aber dann enden sie schlecht«, sagte Vivi.

»Genau«, sagte ich. »Wenn die große Urlaubsliebe zum Tyrann wird und verlangt, dass die Frau sich verschleiert und nur spricht, wenn sie angesprochen wird. Am Ende wird sie entweder gesteinigt, oder, wenn sie viel Glück hat, schreibt sie einen Bestseller.«

Ein kleines Motorbötchen hielt schwankend unterhalb unseres Felsenplätzchens, und einer der beiden jungen Männer, die darin saßen, rief zu uns hinauf: »Du ficki-ficki?«

»Nein danke«, rief ich. »Du selber ficki-ficki ins Knie!«

Die beiden riefen etwas in einer Sprache, die wir nicht verstanden, das aber ohne Zweifel bedeutete, dass sie Vivi und mich für lesbisch und frigide hielten.

Als das Motorbötchen davongetuckert war, schauten wir eine Weile nachdenklich aufs Meer hinaus.

»Dann muss ich wohl doch Golf spielen lernen«, sagte Vivi. »Das mit der Geheimloge ist mir nicht geheuer. Am Ende geht es mir wie Mia Farrow in *Rosemary's Baby*.«

»Eine Geheimloge hat doch nichts mit Satanismus zu tun«, sagte ich. »Du Dummerchen.«

»Warum ist sie denn dann überhaupt geheim?«, fragte Vivi.

»Weil … ihre Mitglieder ein Geheimnis hüten, für das die Menschheit noch nicht reif ist«, sagte ich. »Oder auch einen Schatz. Die Bundeslade oder den Heiligen Gral oder so.«

»Jetzt weiß ich, wieso du das so interessant findest«,

sagte Vivi und lachte. »Du denkst, dort lernst du so eine Art Indiana Jones kennen, was?«

Ich wurde ein bisschen rot.

Auf dem Felsen neben uns ließ sich Brad Pitt nieder. Oder sein kleiner, genauso gut aussehender Bruder. Neben Brad Pitts Bruder streckte sich seine langbeinige Freundin aus, und die beiden begannen, wild herumzuknutschen.

Vivi seufzte schwer.

»Wir dürfen die Hoffnung nicht so schnell aufgeben«, sagte ich. »Vielleicht hat Madame Svetlana ja gar nicht von Mallorca gesprochen, sondern von – Malta?«

Vivi richtete sich etwas auf. »Das ist natürlich möglich«, sagte sie.

Aber auch Malta, vier Monate später, war ein voller Reinfall. Dort bekamen wir weder meinen großen Dunklen noch Vivis Weichherzigen mit dem vollen Haar zu sehen. Dafür bekamen wir zweideutige Anträge von einem pensionierten Realschullehrer, der sich uns als Führer durch die vielen maltesischen Kirchen aufdrängte. Außerdem lernten wir einen Mann namens Peter kennen, der aussah, als trüge er ein Baguette in seiner Hose spazieren. Man wusste gar nicht, wo man hingucken sollte, wenn er mit einem sprach.

Als wir wieder zu Hause waren, suchten wir im Atlas nach einer weiteren Mittelmeerinsel mit den Anfangsbuchstaben MA. Als wir keine fanden, meldete Vivi sich zu einem Golf-Schnupperkurs an, und ich ließ mir Infomaterial von den Rosenkreuzern zuschicken.

Ihren Mann lernte Vivi übrigens zwei Jahre später auf

einem Parkplatz in Bergisch Gladbach kennen. Er hatte damals schon eine sehr attraktive Glatze und hasst Golfen.

Was meinen angeht: Er ist wirklich groß und dunkel und schön und stark und trägt mich auf Händen.

Und die Erde ist eine Scheibe.

Sechsbettzimmer

oder warum es sich nicht immer lohnt,
eine Auslandskrankenversicherung abzuschließen

Eigentlich bin ich das ganze Jahr über kerngesund. Krank werde ich nur an den Wochenenden und in den Ferien. Meistens ist es nichts Schlimmes, nur eine Erkältung oder eine kleine Magen-Darm-Grippe. Aber als wir vor vier Jahren auf Texel Urlaub machten, bekam ich Bauchschmerzen, bei denen ich sofort wusste, dass sie anders waren.

»Ich habe eine Blinddarmentzündung«, sagte ich zu meinem Mann. »Bring mich ins Krankenhaus.«

»Blödsinn«, sagte Frank. »Du hast nur zu viel Fla gegessen.«

»Das kann sein, aber zusätzlich habe ich eine Blinddarmentzündung«, sagte ich und rannte aufs Klo, um mich zu übergeben.

»Bei einer Blinddarmentzündung muss man nicht brechen«, sagte Frank.

»Ich schon«, sagte ich. »Bitte bring mich in ein Krankenhaus.«

»Du legst dich jetzt erst mal hin und ruhst dich aus«, sagte Frank. »Heute Abend geht es dir wieder gut.«

»Nein«, sagte ich. »Ich habe eine Blinddarmentzündung. Bitte glaub mir. Du hast doch auch den Medicus von Noah Gordon gelesen.«

»Ja«, sagte Frank. »Aber ich hatte selber schon mal eine Blinddarmentzündung, und da ist es mir ganz anders gegangen als dir jetzt.«

Als es Abend wurde, war ich immer noch nicht bereit, von meiner Diagnose abzuweichen.

»Bitte!«, sagte ich matt. »Bring mich ins Krankenhaus, bevor es zu spät ist.«

Frank brachte mich aber nur zu einem Arzt am anderen Ende der Insel. Der glaubte auch nicht, dass ich eine Blinddarmentzündung hatte. Er untersuchte mich gynäkologisch.

»Sagen Sie mal, haben Sie denn nicht den Medicus von Noah Gordon gelesen?«, fragte ich ihn.

»Es *könnte* eine Blinddarmentzündung sein«, räumte der Arzt ein. »*Vielleicht* sollten Sie sicherheitshalber in die Klinik nach Den Helder fahren.«

Wir erwischten die letzte Fähre hinüber zum Festland, und Frank sagte: »Nur wegen deiner Fla-Orgie müssen wir heute Nacht in Den Helder schlafen.«

»Das ist immer noch besser, als auf Texel zu sterben«, sagte ich.

Der Arzt in der Notaufnahme des Krankenhauses hatte glücklicherweise den Medicus gelesen, und er war der Ansicht, dass man mich sofort operieren sollte. Unverzüglich streifte man mir Duschhauben über die Füße und zog mir einen grünen OP-Kittel an. Ich bekam einen Schrieb unter die Nase gehalten, auf dem ich quittieren sollte, dass ich mit allen Folgen der Operation zu leben bereit war. Wenn ich denn überlebte. Der Schrieb war in niederländischer Sprache verfasst. Frank gab zu bedenken, dass ich möglicherweise mit einer Unterschrift auch einer Organentnahme zustimmte, nicht nur der Entnahme des Blinddarmfortsatzes. Ich schrieb trotzdem meinen Namen hin. Dann kam auch schon der Anästhesist mit wehendem Kittel um die Ecke gebogen und sagte, ich solle mein Gebiss herausnehmen.

Mit letzter Kraft erklärte ich, dass das nicht ginge, denn das Gebiss sei leider angewachsen. Alles andere musste dann Frank für mich regeln, weil ich das Bewusstsein verlor.

Vor lauter Panik und schlechtem Gewissen vergaß er völlig, dass wir für jedes Familienmitglied eine großartige Auslandskrankenversicherung abgeschlossen haben, eine Versicherung, die uns im Falle des Falles Chefarztbehandlung, Einzelzimmer und eine Überführung nach Deutschland bezahlt.

Aber wie gesagt, vor lauter Aufregung vergaß Frank, diese Versicherung zu erwähnen. Er sagte dem Arzt, ich sei bei der Barmer Ersatzkasse versichert.

Weil Frank unsere Auslandskrankenversicherung vergessen hatte, fand ich mich beim Aufwachen in einem Sechsbettzimmer wieder, direkt neben einem alten Mann, der einen ein mal ein Meter großen Urinbeutel an seinem Bett hängen hatte. In den Niederlanden dürfen nämlich Männer und Frauen gemeinsam in einem Zimmer liegen, und keiner stört sich daran. Mir ging es deutlich schlechter als vor der Operation.

Weil Frank unsere Auslandskrankenversicherung vergessen hatte, reichte meine Narbe vom Bauchnabel bis hinunter zur Kaiserschnittnarbe, und sie war sichelförmig angelegt. Vermutlich hatte ein Medizinstudent das erste Mal am lebenden Objekt trainieren dürfen und/oder man hatte mir auch gleich ein Stückchen Leber entnommen, um es einem privat versicherten Niederländer zu implantieren.

Weil Frank unsere Auslandsversicherung vergessen hatte, bekam ich nur Paracetamol gegen meine Schmerzen und lag jede Nacht wach, weil der Urinbeutel vom Opa neben mir so laut gluckerte.

Nach vier Tagen bestand ich darauf, mich selber zu entlassen. Nicht, dass ich mich gut fühlte, im Gegenteil: Ich konnte mich immer noch nur schleppend und vornübergebeugt fortbewegen und versuchte, jede Erschütterung zu vermeiden. Hätte ich lachen müssen, wäre ich wohl vor Schmerzen an die Decke gegangen. Aber glücklicherweise war mir nicht nach Lachen zumute.

Auch nicht als Frank mir erzählte, dass ihm gerade eingefallen sei, dass wir doch diese großartige Krankenversicherung abgeschlossen hätten.

»Na ja, vielleicht beim nächsten Mal«, sagte ich.

Stockholm-Syndrom in Griechenland

oder ein echter Geheimtipp

Auf der Suche nach Ambiente fallen Vivi und ich immer mal wieder auf Schlagwörter wie »Geheimtipp«, »liebevoll renoviert« und »malerische Umgebung« herein. Dabei muss man fairerweise sagen, dass es sich bei den Selbstdarstellungen der Hotels und Ferienwohnungen auf diversen Homepages keineswegs um gezielten Betrug handelt, mit dem Gäste angelockt werden sollen. Vielmehr gehen die Vorstellungen über das, was »elegant möbiliert«, »landschaftlich reizvoll« oder auch einfach nur »gemütlich« ist, einfach sehr weit auseinander.

Vor einigen Jahren entdeckte Vivi im Internet ein »teilweise schon liebevoll renoviertes« Familienhotel in einem »malerischen Fischerort nahe Thessaloniki«, und war sofort Feuer und Flamme. »Stell dir vor: Die Mutter, Elena, kocht in der Hotelküche wunderbare griechische Spezialitäten, die mit dem Olivenöl verfeinert sind, das der Großvater, Vasilis, im selben Ort aus eigenem Anbau herstellt. Der Vater, auch Vasilis, serviert den Gästen das Essen. Die Tochter, Teresa, kümmert sich um die Zimmer, und der Sohn, Vasilis, macht die Buchhaltung. Und alle sprechen sie Deutsch, weil sie vierzehn Jahre in Solingen-Ohligs gelebt haben und deutsche Gäste deshalb ganz besonders gern haben.«

Mit Nachnamen hießen Elena, Teresa und alle drei Vasilise Karikakis, was uns aber nicht weiter störte. Die Familie Karikakis lachte auf der Homepage so unglaublich sympathisch in die Kamera, dass ich auch ganz hingerissen von der Idee war, dieses malerische Fischerdorf kennen zu lernen. Zumal ein Urlaub dort erstaunlich preiswert war, und das bei Vollverpflegung durch Elenas gute Küche. Dass von dem teilweise schon liebevoll renovierten Hotel keine Fotos auf der Homepage waren, machte uns nichts, denn erstens war es ja noch nicht fertig renoviert, und zweitens stand dort, dass man vom Dorf, welches, eingebettet in die uralte Kulturlandschaft des Nordens, an klaren Tagen einen Blick landeinwärts bis zum Olymp hatte – das glich doch wohl ein paar noch nicht renovierte Mängel aus. Zumal uns der nette Sohn – Vasilis – am Telefon versicherte, dass wir im renovierten Trakt des Hotels untergebracht werden würden. Außerdem machte er uns einen kolossal günstigen Sonderpreis, eben wegen der laufenden Renovierungsarbeiten.

»Sie bekommen unser bestes Zimmer«, sagte er. »Das rosa Zimmer.«

»Kann man vom Fenster das Meer sehen oder den Olymp?«, fragte Vivi.

»Es liegt nach hinten raus«, sagte Vasilis.

Vivi meinte, das bedeute, das Zimmer habe einen Blick auf die Olivenhaine und den Olymp, ich meinte, das bedeute, das Zimmer schaue direkt hinaus in die malerische Bucht.

In Wirklichkeit konnte man vom Fenster auf einen Rohbau blicken und durch dessen Fensterlöcher hindurch auf die anderen Häuser des Dorfes.

»Unser schönstes Zimmer!«, sagte Teresa stolz, als wir mit hängenden Armen diesen Ausblick betrachteten. »Nachts ist es hier ganz still, da werden Sie ruhig schlafen können. Tagsüber wird es etwas lauter, weil wir ja im Stockwerk darüber und nebenan noch einiges renovieren. Aber das haben wir Ihnen ja schon am Telefon erklärt.«

»Wir werden uns sowieso nur nachts in diesem Zimmer aufhalten«, sagte Vivi, fest entschlossen, das Beste aus der Misere zu machen. Das Zimmer war ein schmaler, in einem kranken Altrosa gestrichener Raum, mit Möbeln in Buchenfurnieroptik und einem blassblau-rosa-grün-gelb geblümten Bettüberwurf.

Aber aufgrund dessen, was wir vom Rest des Hotels schon gesehen hatten, nahmen wir Teresa sofort ab, dass es sich bei diesem Zimmer um das schönste Zimmer des Hauses handelte.

Das Hotel war nämlich das hässlichste Hotel, das wir jemals gesehen hatten. Es stand zwischen zwei anderen Hotels, die genauso hässlich waren, wenn auch jedes auf seine eigene Weise. Das ganze Dorf war unglaublich hässlich. Es war das allerhässlichste Dorf, was man sich nur vorstellen konnte. Es gab lauter hässliche, in den Sechzigerjahren erbaute Häuser in hässlichen Gärten, die von hässlichen Betonmauern eingefasst waren. Keine Spur von Fischerdorfromantik, keine Spur von blau-weißer, griechischer Postkartenidylle. Die bevorzugten Baumaterialien waren Beton, Kunststoff und Wellblech. Nach etwas Malerischem, und wenn es nur eine einzige Gasse gewesen wäre, suchte man vergeblich. Für überwuchernde Kletterpflanzen wie Bougainvillea oder auch nur Efeu hatte man hier nichts übrig. Der Strand war ein schmaler Sandstreifen vor einer vielleicht hundertzwanzig Meter breiten Uferpromenade, die von hässlichen Imbissbuden und Restaurants gesäumt wurde. Auf jedem Schild stand: »Gyros und Fritten – hier« in allen Sprachen Europas.

Da wir erst Anfang Mai hatten, waren Strand und Uferpromenade recht unbelebt, aber als wir, völlig benommen von so viel komprimiert auftretender Hässlichkeit, ins Hotel zurückkamen, versicherten uns die Karikakis, dass hier im Sommer der Bär los war.

»Und alles Stammgäste«, sagte Vasilis. Er und der Rest der Familie setzten sich beim Abendessen zu uns an den Resopaltisch. Es war der allerhässlichste Speisesaal, in dem ich jemals gesessen hatte, mit einem abscheulichen Linoleumboden und fürchterlichen Stühlen. Die Wandgemälde ringsherum waren an Kitsch und Stümperei und Geschmacklosigkeit nicht zu übertreffen. Und dabei war der Speisesaal bereits fertig renoviert. »Und alles Stammgäste.«

Vivi und ich konnten uns beim besten Willen nicht vorstellen, dass irgendjemand hier freiwillig ein zweites Mal hinfuhr. Zumal auch das Essen, das Elena kochte, grauslich schmeckte: pappiger, geschmacksarmer Fraß aus undefinierbaren Zutaten, den wir nur aus purer Höflichkeit aßen. Und weil wir unter Schock standen.

Aber Lola und Manfred, die einzigen anderen Gäste außer uns, waren tatsächlich schon öfter hier gewesen.

»Ich habe schon die ganze Welt gesehen«, sagte Manfred. »Aber hier bei den Karikakis ist es immer noch am schönsten.«

»Das stimmt«, sagte Lola.

»Nee, jetzt mal im *Ernst?*«, sagte Vivi. Ich stieß sie mit dem Ellenbogen in die Rippen.

Manfred war ein Witwer und Frührentner aus Wermelskirchen, der das Einzelzimmer neben uns hatte, und Lola war eine junge Mutter aus Österreich, die mit ihrem kleinen Sohn im Zimmer gegenüber von unserem logierte. Von ihrem Zimmer aus blickte man über die Straße hinweg auf die andere Seite des hässlichen Dorfes und ein Stückweit die Hügel hinauf, wo weitere hässliche Häuser standen und noch hässlichere riesige Wassertanks aus gelbem oder grünem Kunststoff. Falls irgendwo in der Ferne der Olymp lag, so tarnte er sich für die Dauer unseres Aufenthaltes perfekt.

Nach dem Abendessen boten die Karikakis uns das »Du« an. Manfred und Lola schlossen sich da gleich an. Wir küssten uns alle mehrfach auf die Wangen.

»Wir sind hier alle wie eine große Familie«, sagte Elena. »Und wir hoffen, dass ihr euch genauso wohl fühlen werdet wie alle Gäste vor euch.«

Wir kippten bereitwillig die alkoholischen Getränke runter, die man uns anbot, auch die selbstgebrannten von Opa Vasilis. Als wir stockbesoffen in unserem scheußlichen rosa Zimmer im Bett lagen, sagte Vivi: »Glaubst du wirklich, dass sich hier alle Gäste wohl gefühlt haben?«

»Nein«, sagte ich. »Ich glaube, die haben sich alle nachts aus dem Hotel geschlichen und haben sich im Meer ertränkt.«

»Aber wir werden das Beste daraus machen«, sagte Vivi. »Wir haben schon schlimmere Urlaube überlebt.«

»Ach ja, wo denn?«, fragte ich.

»Na ja, in … also, als … ähm, hier gibt es wenigstens keine toten Mäuse«, sagte Vivi.

»Und der Alkohol ist toll«, sagte ich. »Dieser Selbstgebrannte hebt einem wirklich die Schädeldecke vom Kopf.«

»Aber hallo«, sagte Vivi. Und dann schliefen wir ein.

Allerdings schliefen wir nicht besonders lang. Um halb sieben wurden wir von einem Bohrhammer geweckt, der im Stockwerk über uns die Fußbodenfliesen wegsprengte.

Völlig fertig und total verkatert saßen wir daher schon um halb acht im Speisesaal. Elena servierte uns strahlend labberigen Toast und fettiges Rührei.

»Wollt ihr Mädchen heute an den Strand?«, fragte sie.

»Ähm, ja«, sagte Vivi.

»Gibt es denn noch einen anderen als den an der Promenade?«, fragte ich leise. Dort wollte ich nämlich, wenn überhaupt, nur tot herumliegen. Es war außerdem nicht gerade Strandwetter: Gerade mal vierzehn Grad und bedeckt. Dort, wo wir den Olymp in der Ferne vermuteten, hingen fette Regenwolken am Himmel.

Allerdings fiel mir auch nichts anderes ein, das wir tun konnten, außer »Gyros und Fritten – hier« in allen Sprachen zu üben. Deshalb machte ich mich mit Vivi auf die Suche nach einem anderen Strand. Es gab tatsächlich noch einen, aber um dorthin zu gelangen, musste man drei Kilometer die viel befahrene Küstenstraße hinauflaufen und sich danach einen Kilometer bergab durch die Büsche schlagen. Auch dieser Strand war schmal und unspektakulär, aber immerhin war diese Bucht frei von Bauwerken. Wenn man mal von der Imbissbude absah, an der in allen Sprachen »Gyros und Fritten – hier!« stand. Diese Imbissbude war aber mit Brettern vernagelt und offensichtlich erst in der Hauptsaison in Betrieb. Von der letzten Saison lagen noch jede Menge Bierflaschen, Coladosen, Badelatschen, Plastiktüten und Speiseeisverpackungen im Sand herum.

»Das ist kein Strand, das ist eine Müllkippe«, sagte Vivi.

»Mir egal«, sagte ich und breitete mein Handtuch zwischen dem Müll aus, um endlich meinen Rausch ausschlafen zu können. Der Spaziergang hatte meinen Kopfschmerzen nicht geholfen. Es ging ein frischer Wind, und ich war froh, dass ich meine dicke Fleecejacke dabeihatte. Vivi kuschelte sich an mich und meinte: »Nie mehr werde ich mich auf etwas verlassen, was im Internet geschrieben steht.«

»Ja«, sagte ich. »Malerisch und romantisch ist eben nicht für jeden dasselbe.«

Als wir am Nachmittag ins Hotel zurückkamen, fing es an zu regnen. Elena wartete schon auf uns.

»Aber Mädchen!«, sagte sie. »Wo wart ihr denn den ganzen Tag?«

Wir erzählten ihr von dem Müllstrand, zu dem wir gewandert waren.

Elena schlug entsetzt die Hände über dem Kopf zusammen. »Aber Mädchen!«, rief sie. »Ihr dürft doch nicht allein so weit vom Dorf weggehen! Was da hätte passieren können!«

»Was denn?«, fragte Vivi.

»Na, die Bulgaren hätten euch finden können«, sagte Elena. Offenbar hatten die bulgarischen Gastarbeiter in dieser Gegend eine fatale Neigung zum Morden, Rauben, Brandschatzen und Vergewaltigen.

Auf den Schreck hin brauchten wir erst mal einen Selbstgebrannten. Wir mussten Elena feierlich versprechen, dass wir nie wieder ohne starke männliche Begleitung das Dorf verlassen würden.

Lola, die junge Mutter aus Österreich, trank auch einen Schluck mit uns. Ihr Zweijähriger schlief auf ihrem Schoß, während sie sich über seinen Vater, ihren Ehemann, beschwerte. Der hatte das ganze Geld, das sie zur Hochzeit bekommen hatten, in »Gitti« investiert und warf auch sonst alles für Gitti aus dem Fenster.

Ich hielt Gitti zunächst für eine üble Schlampe, aber da lag ich ganz falsch.

»Sein Gitti und iiiimmer nur sein Gitti«, sagte Lola. »Wos aaanderes ist ihm goar nicht wichtig. Ich könnt den Gitti wiarklich manchmal auf den Mond schiaßen.«

Den Gitti, maskulinum – ach du liebe Güte. Da taten sich ja Abgründe auf.

»Wusstest du denn schon vor der Hochzeit, dass dein Mann homosexuelle Neigungen hat?«, fragte ich.

Lola sah mich verständnislos an. »Woas?«

»Na, ich meine wegen dem Gitti«, sagte ich. »Wusstest du, dass es ihn gibt?«

»Ach, den Gitti hat er doch schon ewig«, sagte Lola. »Der war iiiimmer schon sein Eeeein und Alles.«

»Warum hast du ihn denn dann überhaupt geheiratet?«, fragte ich.

»Na, weil er mir halt gefiel«, sagte Lola. »Und ich dachte ja nicht, dass er das blöde Auto für immer behalten würde.«

»Was denn für ein Auto?«, fragte ich begriffsstutzig, und Lola sah mich an, als ob ich bekloppt sei.

»Na, den Gitti halt!«

Endlich fiel der Groschen. Der »Gitti« war in Wirklichkeit ein Golf, ein Golf GTI – aber woher hätte ich das auch wissen wollen?

Das Abendessen, das Elena uns servierte, war wie am Tag vorher auch, grauslich. Aber wenn man es zusammen mit dem Selbstgebrannten hinunterschluckte, war es sozusagen geschmacksneutral und praktischerweise gleich vorverdaut.

Als wir stockbesoffen im Bett lagen, sagte Vivi: »Wir sollten über einen Fluchtplan nachdenken.«

»Ja«, nuschelte ich. »Das sollten wir.« Aber da fielen mir auch schon die Augen zu.

Am nächsten Tag – wir wurden pünktlich um halb sieben von einem Schlagbohrer geweckt – regnete es in Strömen.

»Sehr untypisch für diese Jahreszeit«, sagte Vasilis.

»Aber das macht nichts«, sagte Elena und strahlte. »Wir haben so viele schöne Spiele hier.«

Weil wir sie nicht kränken wollten, spielten wir eine Runde Malefiz mit Elena und Manfred. Dann sagte Vivi: »Wir dachten, wir könnten heute mal nach Thessaloniki fahren.«

Elena sah auf die Uhr: »Dafür seid ihr leider etwas spät. Der Bus fährt um halb neun.«

»Dann eben morgen«, sagte ich. Die Fahrt dauerte zwar anderthalb Stunden, aber das war allemal besser, als hier herumzusitzen. Thessaloniki war bestimmt eine schöne Stadt. Vielleicht würden wir uns einfach dort ein Hotelzimmer nehmen, bis unser Flieger am Samstag wieder nach Hause ging

»Der Bus nach Saloniki fährt nur mittwochs und samstags«, sagte Elena bedauernd. »Aber ihr könntet mit dem Bus nach Makryalos fahren.«

»Was gibt es denn da?«, fragte ich begierig.

»Das ist ein hübscher Fischerort, genau wie dieser«, sagte Elena.

»Damit scheidet er als Ausflugsziel wohl aus«, flüsterte Vivi mir zu.

Ich orderte eine Flasche vom Selbstgebrannten.

Am nächsten Tag war es immerhin trocken, und Vivi und ich wollten einen Spaziergang hinauf in die Olivenhaine machen.

Elena riet uns davon ab.

»Die Bulgaren!«, erinnerte sie uns. »Sie machen schlimme Sachen mit Frauen. Bleibt hier im Dorf, dann kann euch nichts passieren.«

Wir gingen also dreimal die Strandpromenade auf und ab und kauften im Supermarkt eine Tafel Schokolade. Außer dem Supermarkt gab es noch einen Haushaltswarenladen, der Plastikwäschekörbe in seinem Schaufenster hatte, und einen Geschenkladen, in dessen Schaufenster Plastikspielzeug vor sich hinstaubte.

Am nächsten Tag regnete es wieder, und diesmal versuchten wir gar nicht erst, das Hotel zu verlassen. Wir spielten Malefiz mit Manfred, Elena und Lola und tranken Selbstgebrannten. Es war erstaunlich, wie schnell der Tag vorbeiging.

Abends gingen wir früh ins Bett, schon weil wir ja jeden Morgen um halb sieben vom Lärm der Handwerker geweckt wurden und der Alkohol und das Nichtstun uns müde machten.

Und so verging ein Tag nach dem anderen. Am Tag vor unserer Abreise hatten die Karikakis noch eine schöne Überraschung für uns. Da wir ja wegen der bösen Bulgaren so wenig von der herrlichen Umgebung gesehen hatten, wollte Opa Vasilis einen Ausflug mit uns machen. Vor dem Hotel wartete schon mit laufendem Motor sein Traktor samt Anhänger. Und hinten auf dem Traktor standen zwei weiße Plastikstühle.

Als Vivi und ich dort Platz nahmen, freute sich die ganze Familie mit uns. Und Opa Vasilis stieg in den Traktor und gab Gas. Durch das ganze hässliche Dorf tuckerte er und kreuz und quer durch die Hügel, und die Bewohner der hässlichen Häuser bestaunten uns, wie wir dort, mit dem Rücken zur Fahrtrichtung, auf unseren Plastikstühlen im Anhänger saßen und dämlich aus der Wäsche schauten.

Am Abreisetag, einem Samstag, brachte uns die ganze Familie Karikakis zur Bushaltestelle.

»Ihr wart wunderbare Gäste«, sagte Teresa und küsste uns auf beide Wangen. »Wir werden euch vermissen.«

»Empfehlt uns weiter«, sagte Vasilis. »Allen Freunden von euch machen wir einen Sonderpreis.«

»Und kommt bald wieder«, sagte Elena und tupfte sich eine Träne der Rührung aus dem Augenwinkel.

»Es war ein wunderbarer Urlaub«, versicherten wir und vergossen auch ein paar Tränen. »Wir werden euch auf jeden Fall weiterempfehlen. Und natürlich kommen wir wieder. Wir vermissen euch doch jetzt schon!«

Wir winkten, bis der Bus um die Ecke bog und die Familie Karikakis und die hässlichen Häuser aus unserem Blickfeld verschwanden.

Vivi suchte nach einem Taschentuch und schnäuzte sich.

»Wir könnten im August noch mal kommen«, sagte ich. »Dann steppt auf der Promenade sicher der Bär! Und das Wetter ist auch besser.«

»Ja«, sagte Vivi. »Und meine Eltern könnten im September herkommen. Vielleicht kriegen sie das gelbe Zimmer, wenn wir rechtzeitig anrufen.«

»Au ja«, sagte ich.

Erst im Flugzeug kamen wir wieder zu uns.

»Ja, sind wir denn wahnsinnig!«, rief ich aus.

»Haben wir denen wirklich versprochen, dass wir wiederkommen?«, rief Vivi. »In dieses furchtbare Kaff?«

Ich nickte. »Ich weiß auch nicht, wie das passieren konnte.«

»Aber ich«, sagte Vivi. »Das nennt man das Stockholm-Syndrom. Das ist ein Phänomen, das man auch bei Entführungsopfern kennt. Sie identifizieren sich mit den Entführern und ihrer Sache.«

»Oh, mein Gott«, sagte ich. »Wie gut, dass wir nur eine Woche geblieben sind. Am Ende hätten wir sonst wirklich noch deine armen Eltern dorthin geschickt.«

Trotzdem. Eine nettere Familie als die Karikakis haben wir nie wieder getroffen.

Was ich noch zu sagen hätte

aber beim besten Willen nicht mehr sagen kann

Bei der Durchsicht der Notizen und Stichwörter, die ich mir im Vorfeld zu diesem Buch gemacht habe, fällt mir unangenehm auf, dass noch viele wichtige Aspekte zum Thema Urlaub fehlen.

Ich wollte unbedingt über Reiseführer schreiben, die ganz offensichtlich von Leuten verfasst wurden, welche niemals einen Fuß in das beschriebene Land gesetzt haben. Ich wollte über Flussbettfeger berichten, die völlig ohne Flussbett auskommen, und über Hotelschwimmbecken, in denen Möwen nach Fischen tauchen.

Ich wollte über Reisen mit einem besessenen Windsurfer berichten, darüber, was für ein Gefühl das ist, im Auto zwischen sich und seinem Liebsten immer einen Segelmast klemmen zu haben und die herrlichsten, menschenleeren Buchten links liegen lassen zu müssen, auf der Suche nach dem perfekten Sideshore.

Ich wollte auch etwas über das Sammeln von Ablegern und Samenkapseln ausländischer Pflanzen erzählen und darüber, was man damit im heimischen Garten anrichten kann. Und ich wollte unbedingt erzählen, wie ich mich mal in einer Hoteltoilette in Prag eingeschlossen hatte und meine Reisegruppe ohne mich abfuhr.

Mindestens eine Seite habe ich dem Thema »Endreinigung – oder wie die Erholung am letzten Tag wieder den Bach runtergehen kann« widmen wollen. Dort wollte ich auch all die Dinge/Lebewesen/Relikte schildern, die man finden kann, wenn man den Fehler macht, die Betten einer Ferienwohnung selber abzuziehen.

Ich wollte hilfreiche Tipps für Eltern geben, deren Kinder dazu neigen, sich auf Autofahrten zu übergeben, und ich wollte mich über Leute lustig machen, die ernsthaft glauben, dass es irgendjemanden interessiert, wenn sie einem ihre Urlaubsfotos unter die Nase halten und sagen: »Also hier kann man das Ganze noch mal vom Parkplatz her sehen, da hinten erkennst du unser Klofenster, aber das kann man später noch mal besser sehen, dann aber vom Golfplatz aus.«

Ich hatte vor zu erzählen, bei welchen Gelegenheiten ich mit der von meiner Oma so gepriesenen Fähigkeit, in einen Eimer zu pinkeln, glänzen konnte, und wie ich in einem Flugzeug mal vor lauter Angst nach der Hand eines völlig fremden Mannes gegriffen habe und wie dieser Mann mich dann für den Rest des Urlaubs verfolgt hat, weil er unbedingt wollte, dass ich noch nach anderen Körperteilen von ihm griffe.

Und auf gar keinen Fall wollte ich Ihnen vorenthalten, wie Frank im letzten Winterurlaub mit seinem Rennrodel von der Strecke abkam und eine hundertjährige Lärche fällte. Mit diesem Ereignis ruinierte er nicht nur seinen Anorak mit kiloweise Harz, sondern schuf – feierlicher Tusch! – eine neue Familienparabel. Als er mit achtzig Stundenkilometern auf die Lärche zuschoss, sah es nämlich nicht so aus, als würde er diesen Zusammenstoß überleben. Dass die Lärche nachgab und nicht der Schlitten, war schlicht ein Wunder, und deshalb ziehen wir die Lärche nun gerne heran, wenn wir über eine scheinbar aussichtslose Situation sprechen. Neulich musste meine Mutter in einem Senioren-Tennisturnier gegen eine baumlange Frau namens Helga Ludge antreten, welche angeblich mal gegen Martina Navratilova gewonnen hatte, als die noch ganz jung gewesen war. Meine Mutter wollte das Spiel schon verloren geben, aber da sagte Frank zu ihr: »Denk an die Lärche in Flims – diese Frau Ludge könnte ihre besten Tage schon hinter sich haben!«

Ich wollte auch über die komischen Sachen schreiben, die man in Segelurlauben erlebt, und darüber, warum ich Strandhändlern immer einen Strohhut abkaufe, warum das Meerwasser sich in Buchten mit badenden Rentnern meiner Ansicht nach stärker erwärmt als in anderen und wie mein Handtuchnachbar mich mal gebeten hat, ihm einen Pickel auf dem Rücken auszudrücken.

Und, ach ja, Insas nächste Gruppenreise wird aufgrund meines Geheimtipps übrigens ins Hotel Karikaris gehen, mein Exfreund Bono möchte sich in diesem Jahr mal die hängenden Gärten der Semiramis angucken, und Gina hat sich für einen Japanisch-Kurs an der Volkshochschule angemeldet.

Alles das wollte ich noch erzählen. Aber – ich kann nicht mehr. Ich brauche einfach dringend mal URLAUB.

P. S. Für die Ängstlichen unter Ihnen: Falls Sie schon immer mal mit einem Urlaub in Costa Rica geliebäugelt hatten, sich aber bisher nicht getraut haben, dort hinzufliegen: Dieser Sommer wäre ein guter Zeitpunkt, da ist nämlich meine Schwester auch dort.

Lesejury